KB139985

詩集

여인숙

金賢舜 著

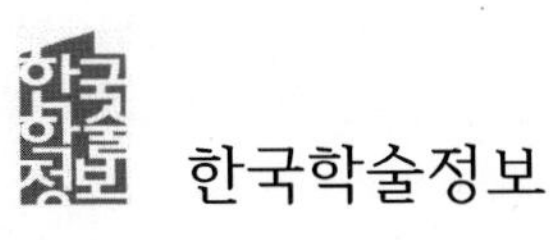

한국학술정보

여인숙

「권두언」

왜 시를 쓰는가?

영혼이 환각세계로 부르기 때문이다.
그 곳엔 변형이미지의 능동적 가시화가
異次元의 新秩序를 펼쳐 보이기 때문이다.

인류에게 생명이 생겨나면서부터
상징의 마법이 현실초탈의 세계를 구축해가기 때문이다.

누가 거기 있는가?
나의 죽은 전생이 나를 받쳐 들고
바람으로 머물러 있다.
나의 내생이 나를 구겨 쥐고 거울에 비끼어있다

왜 詩 쓰냐고 묻지 마시라.
나를 만나기 위하여 시를 쓴다
내안에서 내가 아닌 나를 만나기 위하여,
내 밖에서 진실한 나를 만나기 위하여,
허름한 폐허 속에 꽃으로 피어있는 나를 찾아내기 위하여,

나는 오늘도 시를 쓴다.
오늘도 시는 나를 쓴다.

－壬寅年 늦가을 墨香書院에서

차례

권두언

제1부 여우비

제2부 망향(望鄕) 투데이

제3부 누드의 공간

제4부 독백의 엇센스

제1부

여우비

조간뉴스

아침이
이슬에 포개져있다
문안의 음색이
조준경 해상도에 초점 맞춘다
각부마다 절렁대는 타랍음악이
나트륨 꺼내들고

역상에 어둠 덮는 간밤 이야기…
구름에 안부 전하는 습지의 안개마저
바람의 수인사로
꾀꼬리 목청 마사지한다

향나무의 그림자에
살아있는 기억들…
산배머리 굽이도는 눈석임물이
겨울 업고 달릴 때
밥상은 차려져있나

건넛방 장죽 빠는 소리가
며느리 보동진 손 부여잡고
놓질 않는다
매스컴의 침묵…
신들린 공간이 입 다물라 한다

2022. 2. 1

그래픽

바다가 왜 바다인가를
물어보는 자체가
샛길 걸어가는 바람을 수상쩍어 했다
볼펜에 이름 수놓는 동작까지
시간이 알고 있다면
초토의 언덕은 이별에 입 맞추었을 것이다

사탄의 유혹이 무엇인지
노아의 방주에 실려 있다는 확답
유라기의 스쳐지난 매스컴에서
흘러나오고 있다

살맛나는 세상이었을까
글로벌 기슭에서
흑장미 부드러운 이파리가 말려나온다
빛살의 환영(幻影)…

지구의 역상(逆像)이
오리온성좌에 머물러있다

2022. 2. 2

실루엣

공작새의 깃털이
밤 펴들고 있다는 생각에
불가능은 태양 새겨 넣었을 것이다
빛이 한발 물러서며
부서진 말씀들을 소반에 주어 담는다

새벽거리는 기죽어있다
가로등 펴들거리고
화부의 팔목 붉어있다

숙녀의 잠행도(潛行圖)…
숫총각 떨리는 손이
식상한 리비도(Libido), 화분에 옮겨 심는다

종소리 속으로 뎅 뎅 뎅…
아침이 걸어가고, 인내의 정수리에
흐느끼는 빗소리…
쪽빛 하늘, 까무러칠 일이다

2022. 2. 3

샤방샤방…

밤이면
안개 잡아 탄 어둠이
기침하며 다가선다고 했다
반짝 빛나는 생각 타들어가는 소리도
침묵 잠재우는 자장가로
옷 벗어둔 즐거움 춤추게 하겠지

존재가 그림자 비틀어
고독 쥐어짜듯이
예언실록에도 시간은 기억 비워두겠지
답스의 조항마다
황촉대 감긴 눈 크게 뜨면서
긴 심지 뽑아 올렸다 아니 하던가

습벅이는 이슬은
누리의 가슴팍 부서진다 아니 하던가
각부 타랍이 사금파리로 응고될 때까지
이별 연장선엔 만남 주렁져
황천길 닦아간다 아니 하던가

똑도궁…
목탁소리는 운판그늘 잠재워 가느니
법고의 하루는 파도의 날개 길들여 가느니

갈매기
눈동자에
우주의 대안(對岸)…

머
뭇
거
린
다

2022. 2. 4

입춘(立春)

아픔이 으깨져 눈꽃 되는 역사가
숨어 지낸 억겁(億劫에
향기 수놓아간다

인내의 숲 너머 소망 불타오르면
역상(逆相)의 숨구멍에서 걸어 나오는
그림자에도
입 맞춰야 하느니

광솔의 진액
겨울 혈맥 뜸뜨는 시각마다
무수리의 손은
놀빛 아침 닦으며
고패 치는 샛길에 팔 내밀어본다

산타마리아
그 아름다운 별빛으로 보석 만들어
고독의 제단에 또 한 번
등댓불 밝혀, 눈뜰 일이다

2022. 2. 4

탈(脫)

갯바위에 소금 돋는 시간 핥으며
파도는 수억만 년을 그렇게
철썩이었을 것이다
갈매기 울음이 멍든 바다 깨우리라고는
생각지도 않은 일이다

액틀에 갇힌 정적이 우주 감쌀 때
샛길에 바람 흘러가는 추측은
기억 질식시켜버린다
시간의 소프라노…

예감의 어깨 죽지에서
환각의 모니터 감염되어버리고
초침에 신발 신기는 동작이
파노라마 앞이마에 껌 씹는 동작으로
불 밝혀두는 즐거움이었다

새벽의 변명에 수염 깎인
선사(禪師)의 미소
소반 적시는 스테이크 향이
잠식되어 있음을 그림자는 안다

2022. 2. 5

삭힌 홍어

미증유의 획분법이
홍시로 매달려있다

남자는 팔이 짧은 게 흠이었다
피안과 대안의 존재가
사랑과 이별
각성시키는 계시록이었음을
전율하면서, 성에꽃 겨울만 아니어도
좀 기다렸을 껀데
라는 생각도 가져보았다

여자는 피(皮)씨였다 피~ 피~ 피~~~
확실했다 피가 흘렀다

영화 속 주인공 아캉은
곡괭이 높이 들어 잡놈의 머리통
힘껏 내리깠고
구멍 난 정수리에서
시뻘건 피가 분수처럼 뿜겨져 나왔다

어둠의 고락지가 초승달이라는
착각의 변두리에서
피아노의 첫 자모 발음도
피(皮)씨라는 느낌 받았다

피가 유난히 빛나는 한나절이었다
울고 싶은 시각들이

피의 색상으로 사운대며
거품 발린 상고대 그늘에
까무러쳐 눕고 있었다

2022. 2. 5

진단서

아낙은 손바닥에
기침소리 뱉어 쥐고 병실문 나선다
처방전에 햇살의 역모라고 적히어있다
머리카락 사이로
구름의 안색, 놀빛 적시고
피자 향, 가슴 더듬는 순간이
입술의 문안에 무지개 걸어놓는다

휴게소 이름이 뭐든지
별빛 흔적들…
떨리는 가락마다 꽃잎 피는
홀씨의 순정
진열대 위에 밤 눕혀 재우는 동안만은
<잔설서곡(殘雪序曲)> 베란다에
배붙이고 있다

교수문진 패쪽이 비딱한 아침
바로 세운다, 그것이

메아리방송 톱기사로
마스크의 시간 움켜잡는다
산타마리아 입덧이 성당의 찬송가에
못박혀있다
예찬의 시각, 잠식되어간다

2022. 2. 6

고도(孤島)의 살풀이

때로는 시처럼
살고 싶다고 말했다
그러자 달빛이 어깨 으쓱 웃어주었다
별빛 즐거움이 동네 감돌 때
낙지 꼬리에 마요네즈 찍으며
시간은 물처럼 흘렀다

아파트 가격이 뛰어오른들
무슨 상관있으랴
포장마차 꺼져가는 불빛은
피곤한 하루를 건배하는 밤거리에서
아이스크림과 리비도
떠올려보고 있었다

팸플릿에 딱지 붙인
숙녀의 허벅지에
소박맞은 함박눈 다시 흩날려 내리고
간이역 파돗소리가 숨죽여
어둠 흐느끼고 있었다

2022. 2. 7

역(驛)

이슬빛 체향
새벽입술에 슴배어 있다
자오선이 지구의 허리 그러안을 때
성에 낀 태양…
두 볼에 부끄럼 지펴 올린다

기억의 복도에 아미 숙인 인내…
마고(魔姑)의 숲 너머에
홀씨 깃 펴는 소리

반딧불 사랑이 별 되어 미소 지을 때
시집가는 종아리에 무지갯빛 어리고

숙녀의 하늘에
메아리의 안색, 신기루로 눈물겨웁다
이정표 말아 쥔 휘파람
또 다시 아침 열어 가는데

제 이름도 모르면서 꽃은
홀로 피었다가 눈 감아버린다

2022. 2. 8

첫날

비브라토~!
이렇게 말하며 떨림은
꽉 움켜쥐었다
흐느낌 즐기고 있었다
붓대의 흔들림엔 환상변주곡
놀빛 취한 바람이 눕고…

바닷새 울음은, 죽지 부러진 햇살
꿰매주고 있었다
아아~~ 그 시각… 인고(忍苦)의
브래지어 색상을
얼마나 고대했던가, 그러나
인동초 향기는 립스틱에 점 박혀있었다

태초의 아픔
어둠 타들어가는 소리…
별빛 동음이 약조의 막창에
무색하게 흐를 때

간판은 <빛소리 스피치> 꺼내든
숙녀의 간이역
메아리 몸져눕는 언덕 위엔
행복이 꽃잎 하나 말아 쥐고 있었다

2022. 2. 9

독백

저승 갈 때
무엇 가져갈 것이냐는
스님의 정오(正午)에 비가 내린다
늙은 시간이
송진향 그늘에 앉아있다

구름의 안색 거울에 비낄 때
염주 끝에 피어나는 향기
미소의 언덕에
한숨 펴 바른다

숲의 빈약함
자줏빛 안녕이 환생의 딱지 붙이며

봄, 봄, 봄…
기다림 서두를 때
나막신 옛 전설, 추녀 끝에
낙숫물 사랑으로

아픔의 배꼽에 기억 비벼 넣으며
명소(命召)의 눈으로 새벽을 뜬다

2022. 2. 15

산유화

–김소월의 <산유화>를 읽고

산의 피부에서
망울진 향기가 가슴을 연다
치맛자락에
얼굴 묻은 메아리
웃음 연마하는 태초의 아픔이
작은 새, 부리에 물리어 있다
꼬불딱…
멜로디가
꽃의 선언서를 읽는다

2022. 2. 16

산너머 남촌에는

ㅡ김동환의 <산너머 남촌에는>에 붙여

날개 달린 전설이
입맞춤한다
짝짓는 밀어마다 별들의 노래

별밭 실개천이
먼 바다로 택배 떠나면
바람도 얼씨구 산굽이를 감돈다

꿈길 걷는 속삭임
그 날개 밑에서
오리온성좌, 바람 되어 달려 나온다

발바닥에
구름, 깔리어있다

2022. 2. 16

향수

ㅡ정지용 시인의 <향수>에 부쳐

있다, 그 곳엔
빛살들의 배고픈 충만…
얼룩배기 황소가 토해내는
금빛 울음마저
게으른 꿈밭에 보습날 박는다

바람의 머뭇거림이
논배머리에 깃발 꽂아두고
흑장미 보드라운 향기에 북을 돋군다

버들치 같은
햇살의 이쁜 종아리가
그 언덕에 조용히 잠들어 있고
별이 뜨는 밤…

헐벗은 지붕아래
살이들 설핏한 이력서가
불빛 아래 메아리, 숨죽여 읽는다

2022. 2. 16

아, 로또…

비올라의 현(絃)이
자정(子正) 깨우는 소리…
기다림이 별 되어 반짝인다는
이상설(異常說) 아니었어도
바람은 녹슨 고독 들어올리며
립스틱 순정에
입맞춤했을 것이다

그러나
미로의 가슴 열리기까지
사념(思念)은 긴 인내 달려야 했고
숲이라든가 이슬이라든가 하는
포즈들이
드러난 어깨 감추는 백사장에
꿈빛으로 박혀있었다

환각 깨무는 순간이었을까
매니큐어 색상들이
지구의 인력에 무색했을 거라는
기억이
머리맡에 구겨진 바다를
잠재우는 동안

웃통 벗은 어둠은
숙녀의 새벽으로 묵언의 하늘
깃 펴고 있었고
대장간 모루 위 이슬마다에

투명한 하루, 비껴 담았다

출렁이는 행운의 강
아픔의 날개에 눈물로 매달려있었다

2022. 2. 18

미팅(meeting) 이음새

저기요, 혹시
갤러리 가는 길 아시나여…
그날은 바로 그렇게
낙엽 날리는 휴일이기도 했다
빛살 쪼아 문 비둘기는
누리의 평화에 깃 펴며 노래 불렀고
한가로운 오후는
입맞춤 잊지 않았다

보동진 손목 잡고
먼 길 에돌 때
숙녀의 벗겨 내린 어깨 어루만지며
성당의 종소리는
갯바위 자상함 떠올려보았을까
이름 꺼내어 가슴 연장선에
입 맞추는 소망의 그림자

바람의 손바닥에
놀빛어린 신기루 놓여있음을
시간은 분명 보았다
사막 걷는 낙타의 발자국이었다
그것은 또한
찬란한 아픔의 환생이었다

2022. 2. 22

사랑이 그리웁거든 이별이여

계곡 지나
비 젖은 기슭에
적막은 사품 치며 흘러라
한 송이 작약꽃, 향기로 입맞춰주네
기다림 부서져,
연민 딛고 가는 발꿈치에
아픔 한 올 매달아 두겠지

그리고 아아~~
하룻밤만 묵어간다는 방랑의 고시레
줄 끊어진 스모그에 이름 새겨 넣으면
숙녀는 멀리멀리 불새 되어
떠나버리지

추녀 끝 어둠 한 자락 보듬을 때까지
바람이여 눈물이여
안개의 입자(粒子)마다에
조준경 갖다 대어라
세월 흐느끼는 머리카락 사이로
명멸하는 별들이 샛길 비추어주지

2022. 2. 25

재혼(再婚)

꽃부리에 피어나는
사막의 갈림길에서
영하(零下)의 지구가 바다를 건넌다

허겁(虛怯)에 불 달린
날개의 연장선에서
이슬이 미끄럼 탄다 할지라도

천사의 입술
달빛에 낙인찍을 것이다

그림자의 무게가
기다림에 아미 숙인다고는
생각지 말자

계단 오르는 별빛 흔적마다
바람 부는 뒷골목
순정의 데모로 잠재워둘 일이다

2022. 2. 25

누구라도

티끌 하나
살찌게 해본 적 있는가
기다림에 손 베어본 사람은
낙엽의 소망
달빛에 새겨둘 것이다

늘 푸른 하늘에
바람 흐르고
해저 깊은 곳엔 암장의 사명
리비도의 색상 점찍어둔다

집념의 나트륨
갈매기 부리에 물려있다고
예언이여
파도의 이랑 잠재워 가시라

촛불의 힘…
어둠 몰아내는 안개의 부름으로
새벽 적시어준다

2022. 3. 2

터

시조새의 발가락이
역사의 등허리 움켜잡는다
검을 현(玄), 누를 황(黃)…
이음새만이 소리 없이 낡아갈 뿐

명상의 구름은 하루에도
수십 번~
하므니껴… 하므니다…
햇살로 어둠 깁는다

별빛 신음 보석 쌓아 올리듯
천년 노송 술 빚는 모습도
난센스에 깃발 꽂으며
오존층 두께에 그리움 헹구어낸다

광야의 부름은 사막에
무지개 펼쳐 보이는
신기루의 이슬 젖은 사연들이다

2022. 3. 2

작별

피우다 만 담뱃대와 함께
서비스는 시집 한 권 꺼내들었다
재떨이에 쌓아둔 채로
미로 저켠이 미소 짓기 때문이다
구름의 안색 질려있는 것도
프리마가 필요한
레스토랑 이름 때문이었다
시간 후려치고 뒷문으로 빠져나가는
인상파그림의 두께…
아픈 날에는 척이라도 해두자는
드라마 속 주인공이 공연히
휘파람 부는 시간을 꺼내
어쭙잖게 탁자 위에 올려놓는다
왜 그랬을까, 자문해보는
그림자의 메모…
아픔에 슬픔 대고, 다시 기워도
구멍 난 하루가 신기루의 계단이라는
착각의 편린들이, 사금파리 색상
덮어 감춘다, 파도가 메말라있다

2022. 3. 2

아픔에 길 물어

바다의 변증법이
파도 한 자락 추켜들었다
해오라기 울음이 갯바위 멍들게 하는
확대경 속에서
숙녀의 태양, 이슬 젖어있다
그게 말이 되는가 말이지…
사내의 구릿빛 얼굴이
놀빛 쓰러 눕히는 동작은
가난 베어 옷 해 입던 지난날에 대한
반역, 그것도 사랑이었다

오늘은 여우비도 내린다네요
삼복의 밤이 찜통이라는 설법은
세월이 작간이던가
바람의 추녀 끝에 아픔 머물 때
어둠의 촉수(觸鬚)가 허리 그러안으며
먼지 낀 일기예보에
햇살향기 나불대고 있었다

내일은 또 어이 할 건가…
인내의 벽에 <치부의 길>이라는
그림딱지가 이모티콘으로
깝쳐대면서, 별빛 조으는
하늘을 한숨짓고 있었다
밤의 사변형 너비와 길이마다
골드바하의 추측
숨 쉬고 있음이 확연하였다

포인트에 초점 맞추는 조준경이
묵언의 그림자에
탁본 내리찍는 순간이었다

2022. 3. 3

허(虛)

남루한 기억 열어가는
뽀샵이
퇴색한 시간 꽃피워간다

그런데 이삼은 왜
육이어야 하지… 라고 하며
파도가 해오라기 눈동자에
이슬 그려넣는다

니꼴라이
알렉싼드르 위치~

아무렇게나 주어 붙인
발음법 뉘앙스에도
깁스의 공간은 발설되어 있다

놀빛 미소가
녹슨 바지랑대에 걸리어있는 한…

2022. 3. 4

국(局)

안경너머로 순간이 불타오른다
먼지 덮인 시간대가
속곳 버팀목에 별빛 적어 감춘다

어떤 골목은
소망 찢긴 눈꽃이 되어
골짜기 드러난 암벽 모서리에
입 맞추고

발목 잡는, 손아귀의 세기…
어둠의 종기 드러내는 간호사의
키스보다도 더
악착스럽고, 가장 부드러운 천사의 미소로
무지개 잘라 깔아준다

그 엄청난 고독의 신기루가
허겁의 순간에
아침 떠밀어 올리는 턱마루…
도수경이 녹슨 기다림 매달아둔다

2022. 3. 9

숲

암벽 모서리에 물결치는
어둠의 파도가
지구에 걸터앉은 낙엽 미소로
스모그의 하늘 덮는다

시간의 틈서리마다
빛의 굴절…
영하의 고독 불사르는
바다의 숨결이 그 속에 감금되어 있다

모니터 밖에는 또 모니터
클론세상 그 너머, 꿈 깁는 섬섬옥수가
어제를 움켜잡으며
사막의 발치에 세숫물 떠다드린다

이슬 딛고 가는
무수리의 작은 발~!
그림자는, 둘도 되고 셋도 된다

2022. 3. 14

숙녀의 간다꾸

바다에서 뜨는 달
잔등이 젖어있다

이슬이 미소 짓는
살구꽃 아픔, 메모해두기 위해서이다

해변의 사금파리가
꿈씨 몇 알 스크랩해둘 때
낙타의 심호흡 파도로 꽃펴나고

개미의 허리…
바람이 거머쥐고 사막 건넌다
짤록함이 가슴 더듬어간다

2022. 3. 18

섭리의 하늘

메모리의 타락
사막의 문고리마다에
잘랑거린다

액자의 지느러미
조감도(鳥瞰圖)의 점막…
미켈란젤로의 천장화에 불이 달리고

자정의 해안선, 핑크빛 아침…
아픔의 색상이
사랑 이분법에 휴지부 찍는다

태초의 가슴마다
입술의 반란
햇살의 뉘앙스가 아침 받쳐 올린다

2022. 3. 20

줄다리기

아비는
앞 못 보는 딸내미 앞에서
후들거리며 세월의 문전 넘었다
넘어졌던 자리엔
선혈보다도 기다림 고여있었다
외젠 아제(Eugène Atget)의 초현실주의 작품이
길 건너 허름한 갤러리에서
전시되는 아침이었을 것이다
매스컴에서 꽃비 내리고
단춧구멍에 어둠 싹틀 때
좀비가 고독 읽어 내려가는
저녁인가여...
딸내미 부름에 끄긍~!
아비는 기침소리로 답해주었다
좀만 기다려…
햇살 몸 푸는 공간에
삶을 탁본 찍는 방식은
장닭의 붉은 볏, 기다림 불태우는
메모의 떨림이었다

2022. 3. 22

허공

입 맞추며
잔에 담긴 어스름에
궤적 새겨갈 일이다
시간이여 흐름 멈춘 공간에
손톱부리 싹틔우지 말자

무화과 열매가
고독으로 탐스러울 때
꽃잎 펼쳐 세월 감싸줄 일이다
그래도 좋은가
아픔이여 깃발이여
투명한 이슬의 고픔이여

하늘빛 미소에 기대어
시냇물 도란대는 계곡에
릴케의 시 한 줄로
무지개 덮어줄 일 아니런가

똑도궁…
산사(山寺)의 고적함에
좌선하는 부처님 발바닥이여
빈자(貧者)의 어둠
만지어줄 일이로다

2022. 3. 23

불륜

시간 눕히는
촉수의 허리 가늘다고
울며 겨자 먹는 센스가
구겨진 기억에 부싯돌 켜댄다
마른 연소(燃燒)의 비 젖은 접경들이
하나 둘 빠져 나가는
미로의 등탑에서
풀메뚜기 한숨짓는 고요가
체인점 가격대 흔들어준다
새각시 애모쁜 입술이
허스키한 저녁 달구는 시각마다
바람 불고 낙엽 지고
상고대 숲 흐느끼는 소리
천혜의 아픔 별 되어 반짝거림은
로또 맞은 저녈에
휘파람 부는 눈빛만이 아니었다
청소부의 긴 빗자루가
새벽거리 지워버릴 때
이슬 딛고 걸어가는 사막의 그림자엔
신기루 미소 짓는 역상도
안개비로 넓은 들 적시어준다

2022. 3. 25

난삽 투데이

속보~
부풀리는 시간에
새벽, 매달려있습니다
고독 흐르는 소리가
바다의 구토를 사막에 펴 바르고 있습니다
개기일식 순간이
홀씨의 사랑, 어둠으로 펴들고 있다면
질주의 틈서리에 뿌리내린
메아리는 순정이라 하겠습니다

샛길 걷는 숙녀의 가랭이가
안갯발 추억에 젖어 오를 때
눈 가린 화판의 메모엔
꽃대궁 고민이 우주를 딛고 서있습니다
속보를 들으셨나요…
수평선 저 멀리
난바다 흐느낌이 놀빛으로 지축 감쌀 때
선택은 하나…
킬리만자로의 천년적설이
달아오른 지구의 온도 녹여주는
그 작업 가려줄 것입니다

이제 다시
천 하룻날 밤 이야기가
숙명 꽃피우는 그날까지
이별은 새롭게 이별이 되고
송홧가루 날리는 윤사월이

그리움에 별빛 새겨갈 것입니다
아아~~ 지금
그대 이름은 미로입니다…

2022. 3. 27

사마리아 하늘에 아픔은 없다

밤이 언제부터 밤이었는지
기다림은 빛으로 말하는 법 익혀두었다
어둠이 언제부터 어둠이었는지
바람의 생경함도
모자이크 기슭에 슬픔 심어 가꾼다
새벽호수에 속살 뚫린
갈새의 춤사위…
이슬 내려앉는 나룻배 사연마다
안개빛 주소에
깃 폈다 가두는데
낙조의 배부른 흥정이
허공 질주하는 발목에 감기어있다
송이버섯 꽃피는 시절이면
낙타방울이 쪽빛 바다 절렁거리고
사막의 드리운 끈, 우주를 슬프게 한다
전설의 미라보 다리 아래
세느강 소리 없이 흐를 때
아폴리네르의 시각이 거기…
잠들어있다

2022. 3. 28

미로

미스 킴의 행적이
발자국에 감금되어 있다
동네 한 고패 도는 데 오백보
마스크의 꼼수는
놀빛 안고 영(嶺) 넘어가는데
구름의 사색, 나뭇가지에 걸리어
생각 짓씹는다
또 만났네요, 자주 봅니다…
인사말 주고받으며
비루스 인연 흔들어 보이는
은어(隱語)들의 교감~
연륜 주름 잡는 족속이라고
바람이 페이지를 접는데
바다의 게트림 꽃펴나는 사념(思念)마다
별빛 어둠에 길물어가며
틈 닫힌 공간
눈꽃으로 가려 덮는다
먼먼 옛날,
지구엔 코로나가 있었다지…
화성에서 들려오는 노랫소리가
밤하늘 다독여준다

2022. 3. 29

미로를 보셨나요

부슬비 내리는 시간 속으로
거리는 걸어갔지요
비올라 흐느끼는 소리도 들려왔어요
렌터카(rent a car) 고개 넘는 모습에
팔 흔들어 보이며
돌아서는 잎새마다 슬픔 보듬었지요
가로등 전설이 어둠 비추는
가을밤 이야기는 아아~~
이별 껴안은
사랑의 속삭임이었나요
구름너머 하늘이 미소 짓는 것도
푸른 내일 기다리기 때문이라며
그리움 멍든 추억 엽서에
한세상 잘라내어
무지개 그려넣었죠
아아~~ 그 이름은 청춘, 아픔 빛나는
별들의 노래…
새벽 오는 순간까지 고독 불사르며
이슬 젖은 아침 키스 했어요
그리고 햇살…
인내의 계단에 여우비 내리는
그런 간이역에로 거리는 다시
걸어갑니다

2022. 3. 30

저녁

조용하다 그러나
빛은 시들어있다

혈관에 사품 치는 고독의 개평방
어둠의 성씨는 역상이라고
수틀에 함자(銜字) 수놓아간다

사색의 뒤안길에
몸살 주름진 바람…

추억 걸러내어
똑도궁, 숨결에 눈뜨고 있다

시간이 그곳에 멈추어있다

2022. 4.

만우절

앞 냇가에 바다 고래 올라와
숨 내뿜었대
하늘에서 산천어 폭우가
쏟아졌다 아니 하던가
그리고 또…

옆집 새각시 미소 한 방울에
아랫집 홀아비 배꼽에서 딸라가 밀밀
흘러나오는 모습까지
점찍어두고서
뉴스특보로 번대머리 밟으며
허공은 가슴 만졌다지 아니 한가

살진 목덜미로 흘러내린 땀줄기
그것은 고름 섞인 미리내
자장가이기도 하지

아니 땐 보이라 굴뚝에
향기가 용트림하는 날은
러시아 크렘린 궁 다녀온 벽화가
금테안경 박막에 그려 넣은
태평양 껌딱지로
느긋한 오후를 지구에 새겨 넣기도 하지

아, 아… 아니 하던가
도깨비 기왓장 번지는 소리가
유튜브 두드려대는

시간의 연장선에서
고독과 자유에 빨대 꽂은
사랑 앓는 이별이었네

지금 입 맞추는 우리들 이야기엔
아아~ 전설같이
별빛 싹트고 있네

2020. 4. 4

꽃이라 부르리까

어둠 흐르는 숲에
빛으로 머물다 간 한(恨)이
이슬의 음색마다에 풀잎 제단(祭壇)
쌓아 올린다

옷 벗어 걸어두는 햇살같이
아침 움켜잡은 바람이
사념(思念) 보듬는다고
립스틱 이쁜 하루 펼쳐 보여라

방울샘 얼굴에 부끄럼같이
시공터널 물들여가는
숙녀의 기척소리
봄비 내린 뜰 흔들어 깨우는데

걸음 멈춘 구름의 머뭇거림
소망의 눈동자에 새 되어 깃 편다
아픔은 없나니, 고독의 울 너머엔…

키스하는 사막의 징표마다
해안선 긴 허리 그러안을 뿐이다

2022. 4. 5

청명

빛으로 눈뜨는 어둠의 하늘에
황천의 유령 미소 짓는다

제단(祭壇)에 오른
풀메뚜기 망사(網紗) 날개에
그리움 무지갯빛 수놓아 가는데

저승과 이승 넘나드는
시간이 낯가림…

어제 오늘의 이야기가
이슬꽃 정히 따서
내일 한 송이 소반에 받쳐올린다

2022. 4. 5

미안(未安)

피멍든 하늘 핥으며
티라노사우르스
거대한 발이 지구를 딛고 간지도
자줏빛 옛날이다
현무(玄武)의 비명으로
각막결백증(角膜潔白症)에 일기 적는
대불(大佛)의 손바닥은
꽃의 허무를 다시 미소 짓는다
긴 세월 흐른 뒤
갯바위가 씨앗 한 톨 깔고 앉아도
생명종식 연장선엔 먼지들 환상변주곡…
달아오른 립스틱마다 키스
받쳐 올리실 거다
바람의 성씨는 무엇일까
허겁(虛怯)의 공간마다
전생 불사르는 수평선 지느러미…
등 돌린 트렁크 음색이
플랫폼 날개에 이정표 매달아둘 때
아픔이여 사랑이여
고동소리 울리며 청춘은 가라
내일의 둔덕에 향기로 피어
물안개 주춤대는 아침 껴안아 주리라

2022. 4. 6

정각사(正覺寺)

억겁 기다림 보듬는 곳에
우담화(優曇華) 미소 짓는 소리
음색의 빗장마다 주소의 떨림
씨앗으로 열리어있다

백공 팔 배 굽이진 모서리에
붓다의 사리(舍利)
소망 눈 뜨는 언어의 메모가
어둠 길들여갈 때

아, 아, 아…
아수라의 긴 팔
적막 그러안는다고는 생각지 말자
향촉대(香燭代) 딛고 가는
새벽 뒷잔등 젖어있음에랴

입덧하는 연륜의 이미지가
허공 싹틔우는 고독
법고(法鼓)가 빈 가슴 두드리며
찰나의 순간 꽃피워둔다

똑도궁…
목탁소리가
운판(雲板) 그늘에 잠들어있다

2022. 4. 11

여우비

눈물이
정오(正午)의 시보(時報) 알릴 때
확대경 밑으로 기어드는
누드의 함성, 젖어있음을 본다

촉새의 부리가
어둠 쪼아 먹는 슬픔…
멀어져가는 도심이
사금파리 기억 속으로
숨죽여 걸어간다

살구꽃 볼 붉히는 사연마다
꽃대궁 흔드는
아모레(amore)의 뉘앙스
입술 오려 붙이는
하루만의 위안

향기의 이력서가 왈칵
천년지애(千年至愛) 드리워
지구를 잠들게 한다

애로의 치맛자락 찢겨져있다

2022. 4. 11

나르샤

주름진 기다림에
홀씨의 집념, 그림자 드리우고
질주하는 순간이
번갯불에 구워져있다

우주의 속살 타들어가는
숙녀의 겨드랑이 사이로
개기일식 빠져나가는 데모의 끈끈함…

숨결의 둔덕에
육박(肉薄)의 향기, 눈 감고
나무꾼 옛 타령이 선녀를 현혹시키는
유령의 초점에서
별빛, 함성으로 깜박인다

타자(他者)의 하늘에
구름의 살풀이…
긴 해안선이 세상 안고
우주를 꽃피워간다

2022. 4. 11

첩경(捷徑)

산너머에서
노을 지펴 올린 손이
어둠의 고락지에 별 하나씩 걸어둔다
대숲 원혼(冤魂)의 메아리가
피리 부는 것도
새벽 그리운 진로(眞露) 때문이다

긴 해안선, 꽃게의 발자국
이랑마다 향기로 여울지는
멀미들의 환승역(換乘驛)…
그리움 굼실대는 하늘빛 미소도
에메랄드 기다림
펴들고 있기 때문이다

놀빛 삼킨 아픔아 길 열어라
연륜(年輪) 걸머지고 시간이
또 한 잎 세월에
나트륨 적어넣는다

멍든 바다 다독이는 지구의 눈물도
계명성(鷄鳴聲) 되어 우주에 떠있다

2022. 4. 13

봄

망사 드리운 향기의 가지에
흘러내린 속삭임
여린 볼
귀밑머리 꽃잎에 닿을 때
사랑 사랑…
안개 되어 흐른다

순정 나부끼는 캡쳐의 순간들이
햇살 되어 춤추는 연장선에서
두근닥, 외줄기 기다림

상긋함이 살포시
속살… 열어두고 있다

먼데서 보슬비 다가오는 소리
바람이 숨죽여 듣는다

2022. 4. 14

흰 구름

거리의 유랑아 같은
만남의 여유가 이슬 물고 있다면
장미꽃 이파리의 떨림은
가시 돋친 시간 감싸주어야 한다
광야를 잡아끄는 보슬비의 표적도
실안개에 메모되어 있다

종종… 인사말도 깔끔하시겠지
경상도 화개사투리가
무좀 앓는 기다림 덮어 감추는
난삽 투데이~
구령 따라 깃발 흔드는 여울목에서
닫힌 문 열려라, 애모쁜 두 발
언덕위에 뿌리 내린다

어둠은 가고 날은 밝는다
해와 달 나눠 가진 이별이
엘리지 환상곡에 꿈씨 한 알 심을 때
핏빛 노을 길들이는
생각의 무지개…
비 젖은 그림자에 입 맞출 일이다

2022. 4. 15

좁은 문 열릴 제

빛이 눕는다
계단의 꼼수가 그라프 던진다
별 박힌 매니큐어마다
공간의 엿가락…
기다림 개평방이 그 속에 머물러있다

비어있는
암벽(岩壁) 다독임
비천(飛天)의 치맛자락 스치는 곳에
산새의 지저귐
향기 엮어갈 수 있다면

노스탈지아의 빈 가슴에 꽂힌
고독의 투명함도
억겁의 이름표 나부껴줄 것이다

풀꽃향기 가려운 순간마다
다육의 손바닥…
숙녀의 입술 망울지는 새벽은
키스 길들이는 미로의 찰나
눈뜨게 하는 순간이다

2022. 4. 15

길은 길이로되

보았나
꼬리의 연장선이 어둠 뚫는
파노라마의 둔덕에서
낙엽 스러지는
함성의 메아리가 있다

그래도
어이 할 건가, 플라타너스…
뻗쳐 올린 가지마다 구름의 안색
깃발로 나부끼는데
이슬의 사명은 승천(昇天)하는 것

엷은 사(絲) 순정의 노래가
가을 덮는 숨결위에 성에꽃 피운다

가라, 가라, 가라사대
향기의 뒤안길에
섬섬옥수 고운 목소리

무지개 지펴 올리는
사념(思念) 저널에
색 바랜 기억 고이 접어
내일의 태양 쏘아 올린다

2022. 4. 16

추억경매장

불, 불, 불…
어둠의 연소에 달빛의 물밑작업
현금인출기에 끼인
카드의 비명으로
암마(暗碼)의 순간 점찍어둔다

휘파람 흉내는 바람의 몫이다
대나무 얼룩진 역사가
사막의 고요 덮어주며 바다 건널 때
수목드라마 여주인공의
배꼽미소가
지구의 각질에 별 박아넣는다

물, 물, 물…
미리내 기슭에 자장가 눈뜨며
갯바위 속주름 감아쥐거든
날개 서러운 펭귄의 음색…

긴 해안선이 입찰의 하루를
꽁꽁 묶어두고 있다

2022. 4. 16

조루(雕鏤)

또
다시
땅 뚜지던
포클레인 앞발이
자정의 각막 긁는다
기지개 켜는 멀티미디어 사색이
불야성(不夜城) 발밑에 안개 되어 흐르고
생각의 파문, 침묵의 탁본에 키스 받쳐 올린다
숙녀의 간다꾸(干拓)가 그리워
못 산다는 잠언(箴言)마다
별빛에 손 내미는
메모의 공간…
태진아 가수의 노래가
최진사댁 셋째 따님의 솟대에
귤색 비명 집어 바른다
계단 구르는 소리… 늙어있다
아픔이 눈 떠버린다
포개 접은
이불 위,
머리카락 한 오리
고독이 기다림에 배불이고 있다

2022. 4. 19

무가내(無奈)

사막에 손톱 박는다
비칠대는 가시에 기억 찔리는 순간
겨울바다 적시는
해변의 덧걸이…

얼레에서 풀려난 씨실이
나부낌으로
사사오입 조준경에 초점 맞출 때
쏴라~ 쏴…
사념(思念)의 방아쇠가 짐짓
녹슬어 있다

역도(力道)의 안압(眼壓)
궁색 모셔두는 빗소리의 흔적들

구구단 색인(索引)마다
미소 들어 옛 전설 날려 보내는데

추락의 엘리지…
비상(飛翔)의 메모에는
키스만이
감미로움 감춰둘 뿐이다

2022. 4. 20

제2부

망향(望鄕) 투데이

어느 고독의 막창

그때…
낯선 거리의 손바닥으로
지구가 굴러갔다
바다의 순정 꽃펴나는 메아리에
무지개 여울지는 모습이
신기루 색상마다에 별빛 쌓아올렸다

흐느낌 재생하는 세월 앞에서
뿔관 올려 쓴 사슴의 눈동자
안갯발 구름 되어
황야(荒野) 뒤덮어도
머뭇거림, 태고의 아침 읽었다

시간 머무르는 공간마다
실낙(失樂)의 점선들…
묵상 으깨지며 기원(起源) 더듬을 때

마고(麻姑)의 숲에서 반딧불 사연
이슬의 투명함 고이 펼쳐
찰나의 우주, 쉬었다 가게 한다

2022. 4. 22

아모레(amore)

악보에서
연주하라는 외래어가
징검다리 딛고 내를 건넌다
사랑스럽게
귀 열어두시라는 설렘의 둔덕이
홍조어린 미소로
놀빛 가슴 열어젖힌다

간밤 잘 잤느냐
카츄샤, 까쟈…
새벽 신호음이 풀꽃의 안녕 묻는다
이국 소녀의 이름도
네잎 클로버 싱싱함으로
비올라의 현 뜯을 때
안개가 주춤
기슭에 멈춰서있다

기다리고 있었나
짐짓, 그리고 또…
고독의 줄기에 기억의 하루가
떡잎으로 매달려있다

2022. 4. 25

아아, 립스틱 같은…

착, 착, 착…
어둠의 계곡이
갈색 추억 싹틔워간다
메모의 연장선마다 흔들리는
커튼의 회한, 에메랄드 시간 앞에

부챗살 이유가
부푸는 아침 수놓아간다

안아보고 싶어라
만져보고 싶어라
소망 정수리에 복사꽃 필 때
어깨 아래로 벗겨져 내린
숙명 이음새…

밤색 받쳐 올린 문양(紋樣)으로
쉰내 나는 복도, 꺼내 닦는다

사랑해도 될까요
바람의 망각, 촉감의 가슴
더듬어간다

2022. 4. 27

금빛야차(金色夜叉)

비 내린 복도를 걸어갔었지
시간은 젖어있었지
계단은 아홉 개, 난간엔 손잡이
우윳빛 하늘아래
빨간 다리아꽃, 그 입술 같은 여름밤이
겨울의 질화로 흐느껴주었지

전깃줄 타고 오가는
전류들 비상(飛翔) 있었음에랴
거기엔 입 다문
천장화 꼼수도
미켈란젤로의 색감으로
누드의 기다림 속삭여주었지

울음도 있었지 미소도 있었지
안개 타고 흐르는
비올라와 첼로의 협주곡…
그것이 잎새의 떨림인 줄을
약속은 깍지 걸어
문 열어주었지

거리의 종아리가 벽 딛고
서있을 때에도
어둠은 고독 길들이며 깃 접어두었지
순정마루에 장명등
억겁 기다림으로 내내…
그렇게 슴벅거렸지

심순애와 이수일~
두 주인공의 이야기는 그때
자막으로 떠올랐었지

2022. 4. 29

라야라… 혼(魂)빛 절규

군(君)이여,
분노의 강을 건너라~
그리고 흥타령 부르는
각하(閣下)의 휘파람소리가
비행기 양익(兩翼) 불 달린채로
수림 넘고 또 넘을 때
낙조 묻힌 바다의 가슴엔 아아…
어이 뛰어 들려나

용암 같은 입술과 망언의 접착
그 속에 꿈틀대는
자존의 깃발…
숙녀의 가녀린 허리 신음케 하는
고도(孤島)의 숨결은
영하(零下)의 비루스 눈뜨게 하느니

아픔이여 이별이여
이젠 그만,
슬픔도 고독도 그만~
군(君)이여, 그대 달아오른 목청으로
부디 대안의 굳잠 깨워주시라
섬섬옥수 피워 올린 작약꽃 향기가
사막의 오아시스로
선인장 가시에 꽂히어 있다

보이시는가 군(君)이여
각하(閣下)의 색상은 오늘도

무지개 떨림으로
명암(明暗)의 섭리 더듬어간다

2022. 5. 2

웹진(webzine)

잔물결 이는
자정의 행적(行蹟)…
구멍 달린 깃털에서 바람이
슴새 나온다

반뜩임이, 숲
오간다는 비기(秘記)엔
작약꽃 언사가 계곡 눈감아두고

설렘 다독이는 둔덕이었을까
안개 수놓는
기억의 향기마다
별빛 그리움 이슬에 다져넣는다

치킨의 미소ㅡ
식탁의 부름만은 아니었을 것이다
새벽 불사르는 저변에서
난바다 몸져 눕는 소리…

갈매기 부리에 물린
파도 한 알이
게트림 하는 아침, 눈뜨게 한다

2022. 5. 3

메모리

촛불에 기다림 비춰 보이는
미로의 행적에 길은 뻗어있지 않다
아픔이 갯바위 눌러 앉혀 입 맞추는 행위는
바닷새 울음 길들여가는
성에꽃 순정이 별빛 보듬는 순간이다

테프 끊긴 톱기사가
바둑 두는 선수의 두발 묶어놓을 때
공간의 수위에서 빛 습새 나오는 걸 보고
도심(都心)은 오로라… 이름 지어 불렀다

첨탑에 자위(自慰) 감춘 진실은
피리 부는 즐거움만이 아니었을 것이다
바람 멈춘 숲에 개똥벌레 계단마다
속곳 내음으로 뒷골목 잠재워두었을 것이다

필름의 역사가 환생 꽃피울 때마다
모니터 사랑은 마우스의 움직임 따라
사막에 바닷물 담는 내공수련 솟대로 세워간다

키보드의 사명은 언제나 늘…
숙명의 하루를 도그닥거릴 뿐이다

2022. 5. 4

저녁의 주소

빛의 탄생
구름 되어 흐른다
어둠 명멸하는 우주의 그늘에서
마스크 낀 시간이
젖은 아침 받쳐 올린다

가나다라 마바사…
글 읽는 페이지마다
인내의 갈비에서 굴러 나온
사리(舍利)의 흐느낌

기억 핥는 속삭임이
억새의 몸부림에 귀 기울이면
적막의 하루가 기다림 각색해둔다

2022. 5. 4

고독(孤獨)

어둠 패러디한 밤이
식탁에 모가지를 드리운다

목소리가 잘려나가고
글로벌 심호흡 꽃으로 핀다

일상의 비명
음악으로 응고되는 찰나(刹那)에서
새벽, 움터 나오고…
빛은 홀아비 가슴에서 샘솟아

레스토랑 얼굴에
너부죽한 아침 비추어준다
젓가락이 기억 집어
녹슨 기다림 헹구어낼 때

커피가 흐르고
프리마가 미소 삼킨다

2022. 5. 6

명상실록(冥想實錄)

빛을 깨우라~!
어디선가 들려오는 어둠의 절규마다
날개 꺾어있음에 놀라워한다

벽에 붙어있어야 할 흔적들이
비슷한 얼굴 하고 있었던 것이다
바이브레이션 색상이 공포증 앓고 있었던 것은
강당(講堂)의 경청(傾聽)이
견장 얹어주기 때문이었다

전생을 알게 되는 시간의 색조가
익사(溺死)에 깨어난 순간임을
잊지 못하고
우주가 꿈이라면

생각의 고리 엿듣는 환청 저널에
무의식은 그냥 끈이라고 고집해버린다

2022. 5. 7

일상(日常)

완벽함
숨 톺는 소리…
그러나 어둠의 자판엔
빛 토해내는 별들의 신음 따위가
초점 옮겨 심는다

액자의 기다림이
바다를 담고 있는 것뿐이
아니라는 착각이
점선의 낙조 잠재워둘 때
망각의 번지수…

죽음에 키스하며
저승꽃 살찌는 이유가
윤회의 틈서리에
놀빛 한 자락 새겨두고 있다

신기루가
바람에 널부러져 있음은
갤러리 전시장에도 못박혀있다
구멍 난 하루…
파도가 이랑 넘나들 때…

2022. 5. 7

나목(裸木)의 시간

놀빛 지고 가는 낙타를 보았지
영(嶺) 넘는 자세마다
향수(鄕愁)에 머물다가
암야(暗夜)의 파닥임도 느껴보았지

엘리자베스 치맛자락마저
새벽 덮어주는 환영(幻影)으로
사랑, 사랑…
노래 불렀다 아니 한가

어둠의 틈서리에 다시 눈뜨는
각막의 하루가
지구를 안아 눕히는 모습으로
바다의 속주름 감춰뒀다 아니 한가

물풀의 속삭임
자줏빛 언약 싹틔워 가느니
버뮤다삼각주의 하늘도
빛의 환영(幻影)으로 다시 태어나리니…

2022. 5. 10

망향(望鄕) 투데이

팸플릿 하단에
전화번호가 적혀 있잖아요
그것이 실마리인줄 알면서도
바람은 스쳐갔지요
연민이라고 인정하기엔
너무나도 슬픈
아아~ 별빛 찬란함이었어요

데모의 정렬(整列)에서
허겁(虛怯) 꿈꾸는 해탈
성숙 꺼내 닦는 하늘이라 할까요
에메랄드 공간에 사념(思念) 흐를 때
오로라의 색조…
잎 찢긴 인내에도
눈물은 얼룩져 있었지요

그것은 다육(多肉)에
봄비 내리는 소리였어요
꽃향 피우는 상쾌함은 좋았지요
한세상 전율하며 더듬어가는
수틀의 떨림…
이완과 수축의 약조가
메아리 받쳐 올리는 기쁨이었어요

2022. 5. 12

메리의 추억

그러나
하오(夏午)의 숨결에
냉각 수놓는 연장선은
송홧가루 날리는 그 언덕 잊지 못했고
못다 부른 열창(熱唱)마다
피아니스트 섬섬옥수에
소망 꽃피워갔다

그것은 망울이의 기슴에 사랑, 사랑…
힘주어 불러보는, 대안(對岸)의 고백이었다

이슬 빛는 안개의 단춧구멍마다
빛 낳는 어둠의 섭리…
오렌지 하늘 눈감아두는 매스컴 입덧도
일월성진(日月星辰) 모멘트에
자줏빛 속주름 새기어갔을 것이다

낭자~ 그 손 좀
잡아볼 수 있을까요…

아픔같이 비가 내릴 때…
숙녀의 가슴, 다시 봄 되어
송, 송, 송~
기억 딛고 내를 건넜을 것이다

2022. 5. 13

여인숙

거리의 팻말이
이정표 아닐 수도 있다는 현실이
시간을 놀라게 한다
햇살의 교접 메아리가
심장 박동에 뿌리
내려야 할 것이다, 그러나…

그랬을까, 정녕…
휘파람 부는 오후가 죽어있었고
물풀의 속삭임, 놀빛에 싸여있었다

아~ 끈, 끈…!!
허우적이는 기억의 손아귀엔
지푸라기 같은 언약 감겨져있었다
별거 아니라니깐…

이별도 사람의 일이라는 연모(戀慕)가
하늘 멍들이고
놀빛에 씨앗 심는 심호흡
소반에 받쳐 올릴 때

고독은 결코
이슬 삼킨 보석의 기다림이었다

2022. 5. 15

통용 활주로

별들의 언어가
빛으로 환생하는 시점에
침묵의 메아리가
드리워있다

갯바위 속주름에 연륜 새기는
눈물의 계시록임을 알 수 있겠다

바람 불고 비가 내려도
시간의 자백…

성숙 꼬드기는 갈림길에서
사념(思念)은
방랑의 멜로디로
입 다문 풋사랑 눈뜨게 한다

다스칼로스 비밀이
나목의 가지마다에 닻줄 내리는데
무지개의 주소가 신기루에
적히어있다

간이역에 지구가 매달려있다

2022. 5. 16

종은 누굴 위해 울리나

노라~!
격변의 손가락이
피아니스트의 시간을 열어간다
그 겨울의 찻집에서
함께 부르던 사랑노래가
노을 한 자락 지펴 올림을 느껴보겠지

노르웨이 앞바다가 저 언덕
기슭에 누워있구나
아픔도 미움도 갈대의 흐느낌으로
서리 내린 청춘 불 지피어주네
그러나 잊지는 않으리
바람 떠난 저녁은 고요하구나

그리움이여 아쉬움이여
향기의 율동으로 가녀린 순간 전율하시라
아름다운 이름, 못 잊을 추억으로
이생 다하는 그날까지
기억해다오, 정다운 누이야
멜로디의 협화음에 새봄 향기 잠재워두리니

사막의 두려움으로 어둠 건너는
돛단배 가슴마다
등댓불 언약으로 이 아침 밝히어다오

2022. 5. 16

불시착(不時着)

숙녀의 허리에
모자이크 설계도…
안개의 점선, 추락을 시도하고
바람의 손에 놀빛 쥐어져있다

립스틱 사명이 입술 뜯어
아침 닦는 소리마다
플래시 섬광으로 사념(思念) 비추고
장명등 꺼져있다

이슬 싹트는 모습
거울 속 용단(勇斷)으로 금그어져있다
시간이 이별 딛고
사막 건너는 소리…

2022. 5. 17

제야(除夜)의 둔덕

깨어있다
질주하는 알람으로
복면(覆面)의 거리 찌른다
허겁의 등불이 어둠 틀어막는다

잠수정(潛水艇) 꼬리가
숙녀의 히프에 드리워있는 동안
비는 멈춘 지 오래다

도심의 낯빛
뿔관 올려 쓴 사슴의 눈동자에
불타오르고

블랙홀 함정(艦艇), 기억에 머물러있다

2022. 5. 19

트위스트의 고백

파리에 가보셨나요
에펠철탑이 높다는 것을 알아버렸을 때
바람의 수틀엔
장미 한 송이 피어있을 것입니다
생각의 가시가 하늘 찌르는 메모로
손톱부리 밝혀주는 역상일지도 모를 일이죠
창자(腸子) 갈아 덧칠하는
전생의 입맞춤이
왕자검 휘둘러 「이별의 부르스」 잘라내고
나폴레옹 찢겨진 모자가
제국의 이슬에 입 맞추던 그 시절 그리워할 것입니다

열대야 가로지르는 적도의 심호흡은
물풀 그림자 던져주는
사막의 오아시스에 귀 기울일 것이며
기다림은 관용으로 기원(紀元) 열어가는
성자(聖子)의 눈빛이라 해도 될 수 있을 것입니다
잠언록이 수석(水石)이 됩니다
보드라움이 어둠 갈고 닦습니다
마고(麻姑)의 숲에
개똥벌레 반뜩임이 빛살로 명암 덮는다는 믿음은
성경에도 적혀있었으면 좋겠습니다

그리고 아아~~
노트르담사원에도 가보셨겠지요
거기엔 카지모도 닮은 이방인 그림자가
오늘처럼 흐느끼고 있을 겁니다

낭자~ 보드라운 그 손 좀
빌려줄 수 있겠습니까
우윳빛 그리움에 햇살 한잔 받쳐 올리며
그대라는 이름 앞에 봄향기 수놓아가겠습니다

2022. 5. 20

기원의 망사(基源的網絲)

「광인실록」에서
종아리가 하수구로 달려간다
거리에 비가 내리고
방울소리… 새벽 놀라게 하고

우산 올려 쓴 바람 곁으로
간판의 대소문자가
해저 더듬는 잠언(箴言)의 나라
눈뜨게 한다

탁본 뜨는 주라기 빛살이
일상 용해시키는 섬광으로
아메리카 대륙에
마야문명 새겨 넣는다는 설(說)

역사 딛고 선
아틀란티스의 미소~!
이 세상 가장 결백한 아픔이
눈꽃이라 이름 지어 불러도 된다고 한다

태초의 하늘, 개평방에 갇히어있다

2022. 5. 21

광야(廣野)

이슬 수놓는
안개의 부드러움으로
기억 닦는 사랑이여
꽃가지 그늘에 쉬었다 가는 순간마저
산사의 목탁소리에 옛 생각 솎아 올리네
벌새의 잔등에 햇살 내려앉는
세월의 입맞춤
신기루 감춰둔 무지개 색상에
놀빛, 물들어있구나

아아~
꽈리 같은 봉화야
목소리도 빨간 계집애
여름은 길어도, 아픔은 가라~!
억새의 몸짓이
액자의 분만(分娩) 윙크해준다
맨발의 매무새가 무릎 꿇는 착각으로
젊은 날 그 이름 받쳐 올리는구나

메아리가 비인 뜰에
봉선화, 백일홍 곱게 피울 때까지
한세상 기다림으로
둥기당 북치며 가리라

2022. 5. 23

메들리

해안선 줄기에
기억 밀착돼있다
어둠이 사막에 뿌리 내린다

날개의 분만(分娩)…
「최후의 심판」이
옮겨 심은 채널에 비 젖어있다

부재(不在)의 리허설에
간 막이…

꼼수의 페이지마다
안개의 주름으로
애인의 명함, 적히어있다

2022. 5. 24

이단자(異端者)의 팔레트

우라~!
브라보~!
만세, 만만세~!!

함성의 연장선에 우주의 입술
지구가 어둠 감아쥐고 밤길 달리듯이

메신저와 메아리의 합성어가
비구름 집어, 늙은 역사(歷史) 닦는다
고독은 없나니~!

울까 말까
망설이는 별빛 두근거림
미리내 기슭 적시어줄 때

청청하늘엔 바람의 헤살…
역자(驛子)의 아픔으로 폰에
담기어있다

2022. 5. 25

나트륨의 계절

하늘밑으로 시간이 걸어간다
움직임에 날개 달린 현실이
이승과 저승 넘나들며
생각의 줄기에 빙탑(氷塔) 쌓아올린다

그리니치 천문대가
영국 런던에 숨쉬고
염주(念珠) 굴리는 본초자오선 길이로
어둠 감싸 공간에 매달아둔다

타임머신의 안색에
오후(午後)의 늙은 소망 접어 올리고
클릭이라는 논리가
옆집 새각시 허벅지 꼬집고 간다

2022. 6. 15

에라, 만수~

길이 오후에 누워있다
걸어가는 빛은 어둠이 간지럽다
청청하늘엔 구름의 속내
계곡의 허벅지엔 실개천 눈감아버리고

믹스 돌아가는 우주의 동음(動音)이
검을 현 누를 황… 읊조려가며
천자문 페이지에 함자(銜字) 적어넣는다

공자 가라사대…
노자 가라사대…

성현들 가르침이 단추 벗기는 동안
입덧하는 파도의 분말(噴沫)이
오리온성좌에 오로라 옛 전설 안아눕힌다

꿈은 없나니~!
동구 밖 고사목 가지에도
하얀 겨울 살쪄가고 있다

메아리방송이 기다림에
이슬의 날개
매달아둔다는 것은 진짜 있은 사실이다

2022. 6. 16

망울이

비가 내려… 창밖에
풀잎 흐느끼는 소리
기다림 젖어있다고 시간이
부풀어있다

고 작은 가슴에 햇살 숨겨두기까지
무지개 사랑은 구름 너머에
눈썹 고운 아픔 빗질해 두었을 꺼다

사랑이 무어냐고
가슴 들먹일 때
잠옷 벗는 숙녀의 가녀린 허리
아침 비낀 거울 마사지해주었을까

휘파람 불며 함께 눕는
대장간 모루가
달아오른 연장에 단근질 멈추지
아니 할 때

딩그링딩~ 딩~~
송홧가루 날리는 윤사월 언덕에
키스의 입덧도 아지랑이로
향기의 봄 껴안고 산다

2022. 6. 17

퓨전(fusion)의 법칙

니꼴라이 알렉세이 블라디미르…
외국사람 이름이 저렇게 긴 이유는
바람도 알지 못한다
물들이 왜 낮은 데로 찾아 흐르는지
염주(念珠)에 깃든 빛살도
심호흡 쥐라기에 키스 얹어두지 못하듯이

베사메 무쵸, 산타 마리아…
이국 소녀들 손톱부리에도
봄은 향기, 발라두었을 꺼다

나비들 문안에 가슴 부푸는
숙녀의 망울이처럼, 아침은 언제나
화려할 건가, 그리고
바다 건너는 사막의 손바닥엔
선인장마다 꽃잎 펴들 것이다

저어~ 기…
시간 물어도 괜찮을까요…
리허설 등어리에 정오(正午)가 입술 부비고
사랑 사랑 참 사랑, 목소리가 고왔다

기다림 별 되어 어둠 밝히랴
애수는 이별 딛고 새벽언덕 더듬어간다

2022. 6. 17

망향(望鄕)

아아~ 누가…
꺾어진 꽃가지에 햇살 감쳐두는
것일까, 그리고 또 어느 먼 자정의 깃
타들어가는 냄새가
이슬 감춰둔 밤안개의 기다림 앞에
잎잎의 눈물
수놓아가는 것인가

맨발의 어둠 서성이는 기슭에서
황촉 달아오른 메모가
음성의 샛길에 흐느낌 펴 바를 때
색 날은 기억이
별 박힌 제단에 멍든 세월 받쳐 올린다

지금 이 시각~!
블랙홀 구멍난 심호흡에
뒷짐 지고 걸어가는 동녯집 나그네
미소 꺼내 바르는 하얀 이마는
또 어느 뉘의 눈발 되어
시린 들 옛 전설 덮어주는가

아나또리 미스 킴…
해안선 사금파리 줍던 이국소녀라고
노랫말에도 적히어 있는데
밤마다 파돗소리에 귀 기울이는
바이브레이션 음색이
전율의 새벽 더듬어간다

비브라토~!!
곁에선 바람 닮은 시간들이
찢겨져 달아난 점선들에
색 올리는 소리로 기다림 쥐고 흔든다
사랑이 사랑 그리워할 때…

2022. 6. 20

미로 그 녘엔 사랑메들리

그날의 빨간 우산이
목구멍 간질이는 시간 정렬해둔다
빗줄기의 헤살만 아니었어도
키스의 세례는 조막손 감싸주었을 것이다

집념의 기억이
가물치 잇틈새에 끼어 춤출 때
노아의 방주 떠다니는 그림자엔
산타 마리아 이름도
찢겨있지 아니 했던가

아픔이 아픔 먹고
신기루 접어두는 새벽 언저리엔
이슬의 망언도 망울이의 부푼 가슴
보듬어가야 했느니

<적시적소(適時適所)>~~!
수틀에 햇살 찰랑일 때까지
메아리는 휘파람 불며
쉰내 나는 고독 싹틔워 갔다

우라~!
이제는 바람도 숨죽여
리비도 골골마다 맥락으로 숨쉰다
여울목에 안개의 부드러움 목 놓아 운다

기다림 행진하는 회한의 앞바다…

숙녀의 자줏빛 입술이
용기의 대안 길들여간다

2022. 6. 22

무소유

생명이란
연소의 모질음
착상이 묵언으로
비틀린 아픔에 말라붙어 있듯이

밤은 깊어만 가고 샨데리아 불빛
착시현상 점찍어두겠지
그러나 하늘이면 하늘
그리고 또…

시간 받쳐 든 별빛 영전(靈前)에
메아리, 무릎 꿇듯이
텍스트버전엔 발음법
불 켜두지 않는다

사랑과 이별의 교접선에서
새벽이슬도 그 속에 머물러있다

2022. 6. 24

사(思)

어둠 갈라터진 틈사이로
강물 흐를 때
거멓게 떠내려가는 유령을 보았다
손가락마다 꽃 피는 소리를 들었다

다시 날 밝을 때
해와 달 굴리는 기척
갈숲 깨우고
울 너머에서 소망 싹트는 음색이
고독에 길 묻는다
아픔아, 너 어디로 가나…

별빛 돌아눕는 메아리마다
사랑, 사랑… 목소리가 떨렸다

똑도궁…
산사의 고적함, 외줄 석탑 그림자에
풍경으로 머물다가 입 맞출 일이다

2022. 6. 24

아메리카노, 믹스의 동음…

하루가 매듭으로 이어지는 계선에서
꽃잎에 미소 짓는 이슬 집어 들었다
목소리가 카랑카랑했다, 햇살 슴새는 환영(幻影)이었다
주소가 어디인지 바람엔 적혀있지 않았고
새벽 흐르는 물결이, 대안의 기슭 적시어주고 있었다

조밥에는 당콩 넣어야 맛이 난다는
남루한 시간이 바다 건널 때
갑판에 떨어진 빙산 일각이, 열망 식어드는 소리
추켜들었다
그런 아침이 기다림 모셔두고 있었다

아아~ 모든 것은 예상 밖…
공간의 영마루가 해저(海底) 더듬는 도리쯤은
그 누가 모르랴, 그러나…
이별은 뜻밖의 키스 되어 리비도 한허리 꽃피워주었고
사랑이었다 소망이었다 라고 말하는

찬란한 슬픔이 보석 걸러내는 메아리가
밤 밝혀주는 별빛 섭리로
무지개 속주름 살찌워 가는 시각이었다

신기루 펴 보이는 천사의 미소마다 내일의 에너지에
팔 내밀어 보이며 속삭이고 또 꼬드겨댄다
사랑, 사랑, 아니… 살랑 살랑~~
쉬었다 가지 않으실래요…

브라보~! 우라~!!
귀 익은 외래어가 매스컴너머 하늘 쥐고 흔든다
소낙비 내리는 아프리카대륙의 사하라사막
천년지애 배꼽에 뜸숙 타들어가는 냄새가
아리랑 열두나 고개 굽이마다에 슬하(膝下)의 구름 펴 바른다

2022. 6. 25

안개의 선율

무너져 내린 둔덕에 아픔이 있었다
숙녀의 허벅위로 기어가는 개미허리는 짤록했다
신기루 고향이 사막이었다는 진실이
숨소리 꽃피우는 파도의 제안 받쳐 올릴 줄 어이 알았으랴

헤라 도토스는 역사의 아버지가 아니라는 착각이
새벽 받침대에 이슬로 내려앉는 시각에도
마우스는 잔디밭 더듬어갔다
폰 알람이 몸체 흔들어대는 이유도 함께 만져보았다

젊은 각시~ 칵, 칵, 칵시~~
곁에서는 흘레붙는 소리 퍼마시는 뚱보 홀아비가
교접메아리로 창(窓) 닦고 있음을
지나가던 바람도 뒷짐 지고 들여다보고 있었다

우메~ 이래두 되는 건 가유…
계명축시(鷄鳴丑時) 사자성어엔
사랑의 그림자가 이별이라는 허상(虛像)도 빛살 되어
소망의 무영탑에 희망 걸어두고 있었다

이 새벽 떠나가면 아침도 올 까여…
꽃잎 흐느끼는 포인트에 모니터는 초점 그려 넣고 있었다
그때, 우라, 우라~… 매스컴에서 흘러나오는
푸틴 대통령 음성이 뉴스의 볼륨 높여주고 있었다

2022. 6. 27

포샵…

나풀거림이
들판, 춤추게 하던 날
아지랑이가 샛길 설레게 했다

미로의 숲 살찌는 이유가
반딧불 사랑 깜박이며
옷 벗는 그림자의 입덧으로
아픔, 머물게 했을 것이다

봄은 가고…
무서리 내린 가을이
별빛 사연 잠재워둘 때까지

순종은 성에꽃 향기로
영(嶺) 너머, 산타 마리아 수틀에
기다림 지펴 올렸을 것이다

키보드보다도 먼저
마우스의 역할이, 모니터 바로잡는
색상의 집합이었다면

이슬 한 방울에 스며든 진리는
거목의 굳잠 쓰러뜨렸다가
다시 일으켜 세웠을 것이다

2022. 6. 28

와인향

세월의 기슭에서
잔 부딪치는 소리 안주 삼아
그림자의 이름 물었다, 누구시던가요…

해안선 긴 머뭇거림이
블랙홀에 타임머신 적셔내고 있을 때
사막 닦는 환각이 치마 들어올렸다

눈석임물 고여도
하늘은 내려앉기도 하지요, 때로는
구름도 들렸다 가기는 하지만…

발라드 흐름곡이 느리게, 아주 느리게…
탁자 위 어루쓸며 입덧하고 있어도
밤은 그렇게 소리 없이 흘렀고

카운터 색상이 바다 건너 저 멀리
노역(勞役) 앓는 숙녀의 손등으로
액자 속에서 춤추며 대답하고 있었다

갑시다, 더 늦기 전에…
그 곳에는 침엽 찔린 시간도 포도주로
녹아 흐른답니다

바람의 주소는 나목의 계절 안고 돌았다

2022. 6. 28

아, 동년~!

아이가 꽃 속에 멈춰서 있다
아이의 손에 꽃이 들려있다
꽃이 피어있는 계절 속으로 아이는 들어간다

꽃이 아이를 닮았다, 아이도 꽃을 닮았다
목장이 지척이라 나비가 춤 춘다
바람은 심심하고, 하늘은 토라져 푸른 체한다

풀밭 달아 다니는 깜둥이 잔등이 까맣다는 건
햇살의 따스한 손길에 인지(認知) 되어간다
들판이다 너른 들이다 거기에 꽃밭이 있다

얼굴 가린 구름이 손가락 틈새로
아이를 내려다본다
아이의 작은 고추에서 분수가 뿜겨져 나온다
캐드득~ 웃음소리가 향기 되어
들을 가로 지른다, 냇물의 시원함이다

전원풍경 오려붙인 지구동네 한 쪼박
웃음 속에 사랑 속에 깔락뛈 뛴다

2022. 6. 28

폭풍전야

비가 내리고 있었다
깨어 있을 때 벌써 창 두드리는
다급함이 고함지르고 있었다, 문 좀 열어줘…
긴가 민가 망설이다가
꼬나문 담뱃대에 걱정 타들어갔고
택배는 이웃 동네 잘못 찾아들어간 모양이었다
페리칸 치킨 기다리는 동안,
지루한 사랑이 이별 꺼내 스카프 두르고
하품하는 정오의 여백이
회색 하늘 점찍어두고 있었다
<모스크바 교외의 밤> 노랫말 가사가
용기의 검 뽑아 적막 가를 때
아이, 무서워… 여자는 품속 파고들며
간사하게 웃었다
들큰 했지만 기다림같이 느껴져
줄 끊어진 사연처럼, 소망의 들녘에 비가 내렸다
바람이 창 두드리는 소리가
다시 고함지르고 있었다
여보… 십시오?
비가 소리 없이 내리고 있었다
이별 브루스가 모니터에 말라붙어 있었다

2022. 6. 28

잘 있게, 원 투 스리…

정곡(正鵠)에 박힌
햇살의 분말이, 액체의 변신 연상한다면
브라보~ 야커시~~
만세 드높던 역전 광장이
장알 박힌 슈퍼리그에 쥐어져있다

댄스가 춤이라는 그 뜻, 첨으로 알았을 때
가슴이 시몬스침대 같다는 생각은
총각을 눈뜨게 하였고
함무라비법전에 적혀있는 상형문자도
숙녀의 입술에 키스해주는 사연 몰랐을 것이다

앙코르애완견 허리 꼬부린 곳에
찾아드는 빛의 부드러움, 그것이 밤 밝혀주는
손길임을 어이 알 수 있었을까

안녕하세요, 또 만나요…
달아오른 말씀마다 리허설 일으켜 세울 때
니꼴라이 알렉쎄이 안드로 위치…
외국적 용사의 손이 떨며 잡은 총신구에는

향기로움 꽃펴나는 소리가 냇물 되어 흘렀다
1945년 8월 15일이 거꾸로 흘렀다

2022. 6. 29

돌담에 속삭이는 햇살같이

맨발의 바람이
백사장으로 걸어간다
빛살 오려 붙인 한숨이
좋아리에 사금파리로 반뜩인다

파도의 애무는
새벽안개에 이슬 달아주는
밤새의 울음, 그리고 한숨인 것을…

날 밝는 들녘에
입 맞추는 어제는 길지만
해 솟는 시간이, 놀빛에 잠들어있다

세월의 중심에
그림자가 눈 감고 고함 지른다
브라보~ 그리고 우라, 우라~~!!
하필이면 우리 글로 적어둘 필요까지야…

신기루 눈 뜨는 언덕에서
향기가 길 찾아 춤추며, 누구냐~!
주인 찾아 지도를 편다

소망의 하늘에 무지개는 없다
착시현상이 우주를 살찌게 한다

2022. 6. 30

미팅 하우스

머물다 가는 기척에도 하늘은
웃어주기를 거듭했다, 사랑은 미완성~
바람 부는 날엔 왜 쓸쓸해나는지
노랫말이 구름에 실려 영(嶺) 넘어간다

빛살집합이
태양이라는 믿음을 에돌아
모닝커피에 믹스 털어 넣는다
상견례의 어색함이 짧은 치맛자락
발치에로 끌어당길 때

조상님 고향이 전라도라는 말씀이
고도(孤島)의 높낮이 인상시켜주었다
자벌레의 숨결, 녹슨 바다 일으켜 세운다

가오리 해저 더듬는 내용이
둘 사이 화제로 오르내렸다
어둠 밝히는 장명등으로 긴 겨울의 밤
동무해주면서
탁자 위 고독, 시간 접어 올린다

아모레(amore)… 카운터가 슴벅거린다

2022. 7. 1

보릿고개 넘으며

어쩌다 한 번 잡아본
날개에 달빛 묻어있다
목소리가 간드러진 건, 꽃잎 피는 봄
이랑 넘어왔기 때문이다
바람 따라 냇물 따라 노래 띄워보는 것은
블랙홀 가슴에
꿈씨 한 알 심아 가꾸기 때문이다
그리고 입덧하는 아침
기억해두기 위해서이다

애오라지 풋사랑…
금반지 끼워주는 이유가
무지개로 미소 짓기 때문이다
요실금 처방전에
감초의 묘미 시간 안아 눕히듯
골목길 조무래기들 함성이
또 한 잎 눈꽃으로 까무러칠 일이다

정말 어쩌다 딱 한번
입술 빨아본 적 있었던가
꿀 발린 이별이 빛 되어
어둠 삼키는 사실도 놀라운 일이었다
기다림 밖에는 미움이 없었고
그것은 또한
메아리 앓는 공간의 놀빛 유혹이었던가
아픔이 아픔 그리워 할 때
소망이 소망 마려워 할 때

계단 밟는 소리가
고개 너머에 불 지펴줄 때…

2022. 7. 2

제3부

누드의 공간

도가의 비기(道家秘記)

기억이 허옇게
드러나 있는 모습 바라보며
고사목 발가락이, 얼음장 밑으로 흘러가는
겨울 진맥한다는 생각은
건반 위를 달리는 시간의 집착, 그 속에서
사책(史冊)과 악수 나누고 있었다
스모그의 강 대안에 그녀는 미소 짓고 있었다
치마 들어 올린 자세가
오후를 눕게 하였다는 기척이
해바라기하는 온도 높여주고 있을 줄이야
조상님 머리카락이 검은색이라서
노랗게 또는 파랗게
세월을 염색해서는 안 된다는 착각이
힐링의 점선 모아 쥐고 향(香) 지펴 올린다
밥은 해서 어이 할락꼬…
바람 마신 경상도 화개 사투리가
사금파리로 반짝인다는 안식(安息)도
바닥재 깔린 사막 건네는 파도의 흉내었다
낭자, 그리고 흠…
섬섬옥수 꼭 모아 쥐고 하고픈 소망이
홀아비 여윈 갈비 불살라
봄 오는 언덕에 따스함 펴드리는 동작이었다
남술이 팔락팔락 한다

2022. 7. 4

객참(客站) 이데아

꼬박 하루를 쉬었다 가는 동안에도
길손의 배앓이는 멈추지 않았다
발목 접지르던 그날의 호프 한잔이 문제였다
보고 싶어서 참지 못해서 그랬다는
변명의 심판석에, 처녀의 가슴 같은 꽃봉오리의 유혹은
바람의 잔등처럼 밋밋하였다
사내의 손이 거쿨진 사막 더듬어가는 찰나에도
바다는 숨죽여 갯바위 속주름 만지작거렸다
주스를 아십니까, 주스…
피나무 껍질에서 흘러나오는 쇠녹 물이
페리칸 치킨의 기름진 오후 몰고 고갯마루 넘어서 온다

다시 하루를 쉬었다 가는 동안에도
길손의 배앓이는 멈추지 않았다
사람 찾는 광고보다도 취직광고가 하루를 도배하는
한적한 시간이, 피아니스트의 피, 피…
피 흐르는 손가락을 아랫배 깊숙이 집어넣는다
끈적진 기다림 녹아내린 역사는 어둠 위에 피어나는
모란의 소망 발린 신음이었다
아아~~ 그리 하셨구려...
하지만 또 다시 하루를 쉬었다 가는 동안에도
길손의 배앓이는 멈추지 않았다
지구 밖에서 지구가 임신한 사실은 오리온성좌 실록에도
적혀있지 않았다

폭우도 내릴 건데요…
아낙의 걱정은 흐린 구름 같았다

사내는 끙~! 한숨만 남겨놓고 사립 열었다
놀빛 발린 저녁 하늘에 별이 하나, 둘 놀란 표정이었다

2022. 7. 5

합궁하는 그날이…

어찌 날갯짓이란 말인가
개미의 짤록한 허리일 수도 있잖은가
속내 알아버린 바람이겠지만
물밑 조약돌 만지는 햇살의 손끝에도
매끄러움 묻어나 있을 것이다

그러나 왜 푸르기만 했단 말인가
헤살 짓는 나날에도 억새의 흐느낌은
숲 재웠을 것이고,
나르샤 부리가 아픔 물고 계단 딛었을 것이다
순간 눈뜨는 즐거움이 비상 아니던가

달은 왜 요실금 받쳐 들고 있었을까
무서리 내린 낙엽사랑이 조락을 웃어버리고…
프로펠러 돌아가는 소리가
동년의 언덕 꽃피워주고 있었음에랴

태초의 나날에는
아리랑, 스리랑… 울대가 저 혼자
킬리만자로의 거리를 에워싸고 있었다

아아, 그것은 결코 환생이었다
어둠의 속주름에, 보석 박는 동작까지도
고독의 무게는 각시탈에 새벽 수놓아갔었다

2022. 7. 6

소서(小暑)

하지(夏至) 지나면
난바다에 갈매기 보인다 하소서
더위 앓는 삼복(三伏)의 신음도
출렁인다 하소서

또 한고개 넘어
이슬에 매무새 비춰 보이며
부채의 사명 주름잡아
새아침 맞이한다 하소서

소서(小暑)…
허리 굽혀 답례하는 풀꽃 언사에도
바람은 새소리 얹어둔다 하소서

숙명같이 임 오시는 날
아린 눈 비벼, 뜨는 해 지는 해
바라보게 하옵시며
그 샛길에 세월 춤추게 하소서

2022. 7. 7

적도의 멀미

과연 무엇이 비 내리게 하는지
천둥과 번개의 존재가
구름 끼고 하늘 걷는 이유를 알 것 같다
펴 보인 날짜의 획마다에
이슬 고인 시간 마셔버리고 싶었다면

감각의 쇼~
박수 치는 누드의 그림자가
걸어 나오는 삽곡으로 쇼팡을 닮아 있다
아픔이 어데서 오는지
영혼 저켠 전율이 모니터에 댓글로 얼룩져있다

오로지 환영(幻影)의 멱살…
메아리에 단단히 잡혀있다
세상을 열었다 다시
덮어버릴 때, 소낙비는 겨울에도 내린다

2022. 7. 7

천국의 제단

빛의 소용돌이가
태엽에 어둠 감는다고
생각이나 해보았겠는가, 그 속에
메아리의 속주름 감춰져있다

얼마나 많은 파편들이
꽃잎에 박혀, 룰을 장식해 가는지
낙타의 방울소리는
사막의 나이를 점치어본다

적막이 고독보다 무섭다는
미로의 갈림길에서
시간의 존재는 홀로 바다를 건넨다
나눔의 선택이

발자국보다 더 깊게
블랙홀의 함정을 판다
죽었다가 꽃으로 환생하는 섭리가
초침에 멍에 씌우는 동안

시방, 날씨는 새벽 세시를 꿈꾼다

2022. 7. 9

인생은 하냥 둘…

할 말은
가리비 품속에 진주가 아닐지라도
시늉의 촉수 뻗쳐갔으며
그러나 정녕…
별빛 닮는 고독의 젖가슴에
망울 짓는 사랑, 꽃피워 두지는 않았었다
개울 건너는
조약돌의 문안 밟으며
그림자 쫓아가는 역상에
사금파리의 구토…
지줄대는 새소리도 아픔 놀라워했다

하모니란 단어를
꼭 외래어로 적어야 하는 입덧이
입찰경쟁 쥐고 흔들며
고장 난 시간의 숨 가쁜 하품 받아적는다
카테고리… 아이러니… 이방인…
고수풀 내음새가 새벽 진동하는
고요를 안아눕힌다

자명종 밖에는 사랑이
하인처럼 대기하고 있다

2022. 7. 9

누드의 공간

아무리 움켜쥐었던 물살이래도
놓아버리고 만다
겉에 드러난 뿌리는…
뒤도 안돌아보는 H_2O가 바다로 달릴 때
이끼의 눈, 하늘 닮은 척한다

그리움이 촉수 더듬어
볼 부비는, 소망의 점선들
흩어지면 별 되어 어둠 불사르는
개똥벌레의 한 꽃피워주듯이

밤 뚫는 빛살들 작업이
블랙홀 기저(基底)에 배붙이고 있다
어스름, 눈 뜨는 초저녁
휘파람 소리가 정오의 태양 부르고

몇 시 인지 아십니까
화장실문 두드리는 환자의 드바쁜
고함소리가
초침에 신발 신기는 동작으로
대머리 교수의 가르침 듣는다

2022. 7. 11

핏빛 글로벌

투명한 언어의 날개에
꽃잎, 잠들어있다
썰물의 발꿈치엔 아픔의 봇물…

프로펠러가 헬기에 달려있다는 건
침묵이 각서에 낙인찍기 때문이다

물이 왜 물이여야 하는가
하는 의문은
바람의 단추에 걸리어있다

사막 딛고 가는 바다의 몸부림
버들개지 눈뜨는 봄빛이
산사(山寺)의 풍경(風磬) 매달아준다

메신저의 중매가
사랑과 이별 손잡게 하는
타락의 가슴 물들여갈 때

기다림의 끝자락엔 놀빛 불타오른다

2022. 7. 11

빨래

지구세척 작업이
겉돈다는 생각해본 적 있는 겨…
우주의 손엔 시간, 발려있지 않다
각설이 분말 되어
디지털 구멍마다에 언어로 들이박힐 때

세탁기 돌아가고,
기다림…
정오의 태양 가려 덮는다

음성들 데모, 메아리의 하우스에서
싹트는 온도계의 눈물
실마리에 적도의 눈금 새기고

좌선하는 노승(老僧)의 염주가
사리로 변할 때까지
별들은 달빛 타고 잘랑거린다
브라보, 그 한마디가
이슬에 기다림 희석해간다

지금 어디까지 왔는겨…
함성이 바람의 탑승 리드해간다

2022. 7. 12

깨달음

암류가 새벽 물어뜯는다
흔들림이 고요 잠재울 수 있다면
청초 푸른 둔덕은 별빛 뜯어
아침 저고리에 매달아두지 않을 것이다

슬픈 자에게는 복이 온다는
마태복음 가르침에 힘 안 입어도
채널 돌리는 시간은
블랙홀에 지구 한 알 새겨 넣을 것이다

모르는 것엔 죄가 없다
손톱이 어둠 긁는 끝자락이다
빛살의 데모가 사금파리 줍는 마당에서
신기루 뒤안길에 미소 짓는다

부서지는 신음…
옛 성현 가르침으로 탑 쌓아올린다
낙엽 지는 가을이라고 하자
눈썹 파란 봄소식이 눈꽃에 입 맞출 것이다

숙명의 하늘이 바다를 건넌다

2022. 7. 13

각막

콘크리트 숲에서
빗소리 듣는다
모질음 쓰는 옷고름이 손바닥 펴고
사리(舍利) 눈뜨는 분만(分娩)으로
태초의 아침 그려 넣는다

시간은
밤 열한시 사십칠 분
계단 내려딛는 자취가 새벽 노크해갈 때
우레와 번개는 하늘의 입덧

어둠 뚫는 피노키오
긴 콧대 끝에 메아리 싹틔워간다

휴무의 질화로, 이끼의 그림자…
사막의 눈시울마다
놀빛 버전에 후회 매달아둘 일이다

2022. 7. 14

무상(無常) 덧걸이

바로 그때…
녹슨 시간이 귀퉁이
받쳐 올림을 기억하고 있을 것이다
세포들 행진에서
탈리되어 나온 시집 연주곡이
아침 문전에 걸리어 있다면
그건 옆집 홀아비 핏빛 한숨이었을 것이다

그러나
베아링 돌아가는 소리가
무릎 꿇는 정오의 태양…
신록의 공간에 갯바위로 내리꽂히게 하고
모정의 옛 노래가
태평양 건너 에베레스트 산정에
별빛 춤추는 괴로움 감내해야 했다

겨울 걷는 검측선에서
이별 깝쳐대는 모습이 눈꽃 되어 웃을 때
미로의 샛길로 똑도궁…
목탁소리 세월 울어준다면

꿈은 없나니…
잠언록(箴言錄) 밖에선
어둠이 블랙홀 펴들고 빛살 받아 적으며
흘레의 하루를 길게 물었을 것이다

2022. 7. 17

미로 소나타

눈길 머무는 곳에
갈색 소망 안개로 피어오르고
밤비는 밤, 밤…
쉬지 않고 밤새도록 내렸다

향기 주춤대는 곳은 어디
갈매기 우는 난바다에
파도의 주름치마 멍이 들었다

오리는 걸어도
십리는 넘어선다는 유머가
축축한 아침에
미소 얹어주는 자세었다

사랑 사, 내 사랑…
이별 딛고 내를 건널 때
돌아서면 모두가 행복인 것을
그냥 가도 깨달음은 즐거운 것을

갈새 잠깨는 들녘 끝자락
바람이 팔 벌려 미소 보듬어준다

2022. 7. 17

아픔에 기다림 꽃필 때까지

갈숲에 갈새가 울고
냇가에 냇물 흐른다
하늘은 높고 푸른데 빌딩 창가에
숙명, 숙명…
놀빛 보듬으며 눈꽃, 까무러쳐 내린다

종소리 잡아 흔들던 제야의 그 밤
그때를 잊지는 못하지
함께 걷던 그 길에 비는 내리고
향기 어우러진 기도의 시간을
우리는 웃어보았지

타클리마칸사막이
세계의 지붕에 있다는 노랫말처럼
난바다 잠재울 때까지
갈바람은 소슬한 구름의 안식
실어 날랐다 아니 한가

그러나 갈숲엔 갈새가 울고
냇가엔 냇물 흐르고…
우리들 긴긴 리허설엔
이별의 연장선만 타림하 물결마냥
홍사(紅沙)의 품에로 스며들었지

인제는 빈 공간 찔러 향촉 밝히는
둘만의 사랑~
이슬의 문안 한 자락 잘라내어

고개 넘는 기다림 그 길에
무지개 깔아드렸지

파랑새 울음으로 핏빛 수놓아가며
가슴 조이는 순간마다
아아~ 봄 오는 들녘 너른 가슴에
미소로 남으라 아니 한가

2022. 7. 18

침몰하는 성(性)

눈귀 잔주름이 누드 꿰매들고
일상의 수틀 밑으로 기어든다고 할 때
스커트치마에 가려진 진실은
어둠을 눈 뜨고 반짝일 것이다

식탁에 내려앉는 별들의 집합
모니터 화면이 밤 덮어 감추기에 바쁘다면
동양인 머리칼 색상이 검은 색이란 건
교과서에도 밑줄 그어져있다

꿈밖에는 꿈, 사랑밖에는 오직
기다림이 모닥불 지펴올릴 것이다

그 사람 떠나간 고갯마루에
부엉새 우는 시각이, 그리움 돌아눕는
메모의 공간 덧칠하는 여백일 것이다

고독의 문 열고 옆집 새각시가 들어온다
낭자의 손이 전율하고 있다

2022. 7. 18

해토(解土) 무렵

베어링 굴리는 소리가 북회귀선을 가로지난다
시간의 각막이 초승달 귀퉁이에 걸리어있다
염불하는 비구니의 장삼자락이 어둠 가려 덮으면
부엉, 부엉… 물밑작업 더듬는 노승의 기침소리

나무아미타불, 관세음… 육자진언이 옴마니반메홈
입술 뜯어 받쳐 들며 고갯마루 넘는다
기다렸던 바람이 치맛자락 들어올리면
물살의 세기에 손가락 베이는 기억의 순간들

적도의 코골이가 극지(極地)의 겨울 흔들어 깨운다

2022. 7. 19

리허설

이슬의 단면에 빛살의 꼬불딱임…
계단의 꼼수는 손잡이를 의식하지 못했다
산새 지저귀는 아침의 숲에서
바람의 앞섶에도 향기는 발려있지 않았다

상징이 무엇인지, 무지개는 색상으로 말하고
아마존강 열대우림기후가
사리(舍利) 굴러다니는 현실존재로
수돗물 크기에 호수의 너비 갖다 대본다

시간을 마스크로 가린 기적…
순드라 해파리가 촉수 뻗는 해안선
숙녀의 속곳 냄새가
세탁기 일상 돌린다고 생각해본 적 있는가

리비도의 사명으로
고독에 주파수 받쳐 올린 기록은
다빈치의 명화에도 수염 그려넣느니

나래 굳히는 약사(藥師)의 한숨으로
공간 회귀선에 이름 새겨 넣는다
메아리, 메아리, 그리고 또 청산에도 메아리…

2022. 7. 21

평행이동법칙(平行移動法則)

흘레 하는 점선들이
사막을 깁는다
존재의 메아리가 별빛으로 바다를 메우고
역행하는 고속철 입귀에
나트륨 주소가 과거를 묻는다
즐거웠나요, 아픔 딛고 가는
우주의 행렬
브라보~ 브라보~~
어둠의 골수에 놀빛 한 장 감쳐놓는다

방언과 사투리가 악수 나누는
장밋빛 시간 속으로…
눈물의 깊이를 재는 영혼의 그림자
연륜의 날개 다잡아줄 때

태초의 입덧, 아침 누비며 가고
첫사랑 언약, 녹슬어있다
산란기의 리비도, 신기루에 머물러있다
마그네슘 갈린 목소리가
옥잠화 향기 더듬어간다

2022. 7. 23

주스의 손잡이

하수구의 비상이
초침에 신발 신기는 인내가 된다
반딧불 초점마다
수위(水位) 높이는 어둠의 대각선
프로펠라 회전수에 속주름 계산해내는 공식이
아방궁 신전에 이슬의 단면 덧칠해갈 때
전설의 아수라 목소리가
천수관음 손톱눈에 봉숭아 꽃물 들이는 메아리로
봄빛 꼬드겨낸다

구멍 뚫린 주소마다 향기의 피고름…
아킬레스건의 튼실함으로 억겁 지탱하는
고독의 꽃술이, 적막 다독이는
미소(微笑) 쏘아 올린다면
하늘 멍들어 있는 건, 아직 기다림이
겨울 들녘에 매화꽃 향기로 눈감기 때문이다

벌레 돌아눕는 소리가
미라보 다리 밑으로 노랫말 되어
시간을 시집보내고
아폴리네르의 구릿빛 얼굴이 정원에 걸리어있다
상기 아침은 낙엽 열두시인데
피노키오의 긴 코가 어둠에 꽂히어있다

2022. 7. 28

거울, 그 옷고름 밑으로

스며드는 팻말 앞에서
천체(天體)는 질서를 점검해본다
빛의 존재가 어둠 내몰아
적막 불태우는 그라프마다
먼지의 타락, 풍경으로 울어주고

모래알 부서지는 굉음(轟音)이
서리꽃 허리에 입 맞추는 역상(逆像)으로
해시계 그늘 잠식(蠶食)해가고 있다

역학(力學)의 법칙이
오존층 구멍 뚫는다고 하자
그래도 태초의 아침은 명멸하며
와인향 가을, 엽서에 얹어두느니

블랙홀 바닥재가 고분(古墳) 벽화에
예감의 날개로 깃 펴두고 있는데
우주의 심호흡, 적막 내리덮는
미로의 치마가 된다

연륜의 주름살에 보석, 매달려 있느니…

2022. 7. 30

개불알꽃

그것이 약명(藥名)임을
세월의 허벅지는 각인하고 있다
숙녀의 다리샅 흘러지나 봄향기 꼬불대는
실개천 둔덕에, 사내는
휘파람 불며 불며 서있었을 것이다
암모니아 냄새 풍기는 인내의 계단 지나
마스크의 공간은
역병 알레르기 변종에
등 굽은 세월 갖다 대보았고
초침 돌아가는 소리에 치마 내려
밤을 덮었다
어둠이 산출해낸 빛의 카리스마…
번갯불 현신이 구름 가르는 저승사자로
리모컨 버튼 누르는 사이
과부 살이 석삼년에 이끼 낀 두 입술에
메아리의 연장선, 나들목 일으켜 세운다
사랑의 교접 아지트가
파노라마의 등대로 기다림…
불 밝히어준다, 실재는 아픔을 모른다

2022. 7. 30

각부 타랍~

아직도
별빛 영(嶺)마루에
펜의 손놀림, 밤비 내리는 진실에
사랑 심어 가꾼다

글씨 쪼아 먹는 각막 해법론이
고름 푸는 사막의 손아귀에 쥐어져있다

노을의 성씨가 <노>라는 발음법으로
새벽안개 헤쳐 나갈 때
각고(刻苦)의 아침색상마다
돛단배 가슴에, 소리 삼킨 북이 된다

도레미… 시라 쏠…
껍데기 어루만지는 소라의 귀
궤적 잃은 우주의 가락마다
흘레의 은사(隱私) 적어 감춘다

인제는 신기루 펼쳐 보이는
질경이 녹슨 하늘…
향기 담겨있다고 말해도 될까
미라보 다리 아래 세느강 숨 죽여 흐른다

2022. 7. 31

낯선 거리

한계의 시술에는
최면의 개평방, 우주를 덮는다
또는 브루스 잠식하는 과정이
뽕나무 잎에 누에고치 얹어둘 일이라면
메아리는 음색의 별일 것이라는 착상

끝없는 침몰이라고
망사(蟒蛇) 찢긴 혓바닥이 세상 감아올린다
보리피리 부는 가랑이 밑으로
지구의 망각 궤적에 수놓아갈 때

좌로~ 우로~!
각성의 촉수가 불 켜들고
텔레파시의 꼬리 잡아 당기며
염주알 꼼수로 백공팔개에 어둠 고착시킨다

천당과 지옥의 갈림길…
입 맞추는 이별의 프로젝트에는
애완견 푸들이의 발바닥이
에메랄드 하늘 귀퉁이에 거꾸로 매달려있다

2022. 7. 31

잎새의 명상

땀방울 샘솟는 주소록에서
페인트 냄새가 기다림 숨 막히게 한다
장삼자락에 먼지 묻은 냄새가
일상의 베어링, 지구의 발밑에 깔아둔다
안경알 도수가 작열하는 태양 냉각시킬 수 있다면
무서리의 아침은 매파(媒婆)의 빈 웃음
잘라버렸을 것이다

색상이 무지개를 옷 입게 한다
헐벗은 발톱이 어둠에 뿌리 내리고
별 따 먹은 하오(夏午)의 소망이 손 뻗쳐 달 만진다
기억의 경매장, 속곳에 감싸여있다면
광야(廣野)는 울대 숲이라는 구고정리가
풍경(風磬) 울어 예는 고적함으로

낙엽 계단 핥으며
승천의 도(道)… 소반에 받쳐 올린다
피타고라스의 낱말이 빛을 쪼갠다

2022. 8. 1

양념에 쓰는 간장

때는 삼동이었다
남자와 여자 몇몇 짝을 묶었다
삼안강(三安江)
얼음위에 덮인 눈의 두께로 그들은
서로 속심 덮어 감추고 있었다

도목나무의 끈질긴 화기에도 녹지 않는
정감의 쪽문 사이로, 기어든 회오리바람
사랑새 휘파람 입내 내면서 추위 가려 겨울 덮었다

낮다란 초가집 굴뚝에서 퍼져나가는
문객(文客)들 시사(時事) 얘기가
이념의 줄기에 다닥다닥 열매로 매달리고
마당에 내려앉은 참새무리가
신나게 쭉정이 그림자 쪼아 먹고 있었다

불 지핀 아랫목은 아무래도 뜨거워
거추장스러움 벗어버린 청춘 남녀들…

밤새도록 세미나로 엉켜 붙었다가 한 몸이 되어
새벽이불에 기어들었다
밖에선 넋 잃은 눈이 깃 펴고 들 덮어주었고
장닭 우는 시간을 추녀 끝 고드름은
김 피어오르는 수라상에 눈물로 받쳐 올렸다

그 시각…
멀리 등 돌린 도회지 걱정은

봄 오는 소리를 감감 모르고 있었다
그래도 매스컴에선 수목드라마 자막에
비 내리는 환승역 거친 숨결, 꽃피워주고 있었다

2022. 8. 1

비

줄 끊어진 사색의 각인에
바람의 옷섶 젖는 소리가 땅을 적신다
흘러가는 해안선 쪼프린 안색이
구름의 굴절로 하늘 닦는다

영마루에 머물다 가는 메아리가
아리랑 열두 고개 카리스마로 감쳐주고
물오른 종아리에 뻐꾹…
기억의 씨앗이 골물의 허리 비끌어맨다

오고 싶어 오는 게 아니다
슬픔의 장알이 제곱미터 사념(思念)으로
보풀 이는 둔덕 다독여줄 때
소록소록 내리는 눈물은 속삭임이다

밀어(密語)의 투명함으로 새벽 열어가는
나팔꽃 향내가 눈굽 찍을 때
음색의 연장이 첼로의 현(弦) 자르며
고독의 연륜에 무지개 지펴 올린다

2022. 8. 1

문병

밥은 먹었노,
이슬 보듬는 햇살의 흔적…
아픔마저 반갑다면
그건 말이지, 기적일 것이다
기억 감아버린 재활센터에
카리스마의 눈동자
사리(舍利) 되어 속세의 부름 새겨들을 때
지각 잃은 넉살에 침 찔러라
고층빌딩 하품하는 소리가
냇물 되어 기다림 적셔준다면
하늘아래 첫 동네 돌아눕는 음색은
각부 타랍의 메신저로
어둠 밝혀줄 것이다
꿈은 꾸었노…
생각이 바닷길 건넌다

2022. 8. 1

불타는 섬

구름의
양극에 빨대 꽂고
무지개의 속삭임 엿듣고 있다
팔순 노인네 시집 못 간 이야기가
신기루의 재활 읊조리며
눈꽃 찢어 그리움 접고 있었다

그래도 좋았을까,
바람은 하늘 서성이며
쉰내 나는 휘파람으로 별빛 닦아주었고
에메랄드…
우랄산맥 기슭에 속살 열어 보인 호숫가에
저승꽃, 시간 감내하고 있었다

때로는 아닐 수도 있어요
곁에선 호박꽃 웃음이 노랗게
잎 펼친 공간에 우주 감싸는 난센스로
망각의 옷자락에 별빛 수놓기도 했었지만

나폴레옹 해진 모자 구멍으론
햇살 기어 나오는 매너마저도
성모 마리아 가슴 열고 사막 깁고 있었다
결국 새벽의 옷고름에서

사내는 수염 깎이우는 소리로
임신한 거미의 원혼 길들이고 있었다

해저 더듬는 불가사리 촉수에도
블랙홀, 살쪄가고 있었고
사랑의 방정식엔 이별이 보초서고 있었다

2022. 8. 1

정오(正午)

공사는 진행 중…
가스도관 늘이는 손이 풀떡거린다

노란색 하늘이
프라이팬에 아랫배 붙이고
대추씨의 견고함으로 틀니 뽑아
수돗물에 씻는다

비 내리는 지구너머에 갈매기 운다면
웃통 벗은 목덜미로 흘러내리는 시간…

오찬의 날개에
난바다 비끄러매두는 작업은
적도의 경계선…
나들목에 걸어둠을 잊지 못한다

펭귄의 긴 설음 잘라내어
매스컴에 볼륨 높이는 여백이
잔에 담긴 폭풍주의보 건배해버린다

급여의 사색
메아리방송은 오늘도
친지 찾는 사연으로 눈 비벼 뜬다

2022. 8. 1

뿌리의 망언(妄言)

어둠 마시고
빛 걸러내는 작업의 출시~
촉수의 사명은
버뮤다 손톱눈에 이끼 꽃필 때까지
눈감고 우주를 만져주는 것이다

꿈은 삶의 수련장~!
스치는 바람결에 기억은 속삭임이다

사랑이 파도의 몸짓으로
요르단강 둔덕에 사막 감싸 안을 때
신기루는 이별의 끝자락에
무지개 지펴 올리고

닻은 올려서 어데로 가나
지하수 두런대는 텔레파시 촉각이
미지의 색상, 아픔으로 껴안아준다

집이 어딘가, 묻지 마시라
더듬어가는 곳이 고향일지어니…

2022. 8. 1

착각하는 명상

빛이 화살 되어 날아간다
기포들 과녁이
별 반짝이는 이유가 된다면
압력과 열량의 부딪침은
우주탄생의 근원이 되어, 망언들 부대낌에
용암으로 솟구친다

곬 깊은 히스테리가
적도에 걸터앉았다
지구의 오존층 타들어가는 소리가
할레혜성 치마에 일기 적는 순간이다

야자수에 열매 매달린 현실은
역사의 하늘 물들여가고
방사선 자기마당이 아틀란티스의 문명에
입술 뜯어 대본다, 아침은 있다

상형문자의 변신이 내를 건너고
코끼리 콧구멍은 두 개일 뿐이다

2022. 8. 2

비올라(viola)

물밑작업 펴는 펭귄의 발가락 사이
지간막에 바다가 적혀있다
남극대륙의 배고픈 충만이 별빛으로 지구 감싼다
태양은 어둠의 쏠로, 그 속에서
생명의 기원이 나래를 편다

시청자 여러분, 간밤 앞집 과부와 뒷집 홀애비가
아파트 옥상에서 익사하는 사건이 발생하였습니다
… … …
매스컴이 돌아가고, 밤새도록 갈숲에선
갈새의 이슬 따먹는 소리가 새벽둔덕 보듬어준다

우메, 워쩐 일이라카노~
실로 바늘 꿰매는 순정(純情) 작업이
도수경 건너켠 메아리를 잠식시키는데
메시지와는 상관없이 딸년은 미로를 춤추고

갈림길에서 우리 만나요
폰의 알람 벗겨내어 혁신의 아침 맞이하는 날
끄긍~! 아비의 걱정은 북극의 오로라 잘라내어
딸년의 가방에 쑤셔넣는다

비 내리는 날, 우산 하나 챙겨주는 것도
펭귄의 지간막에 자막으로 떠오른다

2022. 8. 3

탁본(拓本)

담배 사러 나갔다가 만난
숙녀의 미소에는 꼬리표가 달려있었다
한판 해보지 않으실래요?
가슴 두근닥, 숨 가빠지는 걸 어쩔 수 없었다
그러나 전율은 없었다
기대치는 없어도 알다가도 모르는
세상사 아니던가?

옷섶 안으로 더듬더듬
손이 조심스러웠고, 치킨타령 하던 딸내미
얼굴이 구름 되어 어둠 가리고 있었지만
에라, 내친 김 아니던가...
담번에도 자주 들려주실 거죠? 생각이 나면~
라는, 인사말 등에 지고
사내는 귀갓길에 올랐다

먹다 남은 명태 대가리에
소주잔 기울이면서, 은근 슬쩍 기다려보는
시간이었다, 눈앞에 삼삼거리는
유혹의 메아리, 그 은은한 훈향…
인내의 끝자락에
드디어 설렘은 심장을 열었다

그래, 보자. 어디 보자, 내 사랑아~
때에 맞춰 뻐꾹뻐꾹 울려나오는 폰의 알람
다시 봐도, 눈 비벼 살펴봐도
메시지는 주소가 또렷하였다

아아~
<뿔개 는또로…!!>
거꾸로 읽는 세상의 쓴맛~
곁에선 노랫소리가 씀바귀, 씀바귀…
귓전 스쳐, 밤을 안주 삼아 건배하고 있었다

2022. 8. 3

봄눈

즐편한 주검들을 딛고
애오라지 생명이 꽃으로 피어난다
흘러내리다 멈춘 산자락에는
저승사자들 겨울 끌고 가는 소리가 피 토하며

하늘 딛고 미소 짓는 바람의 옷섶에
이슬의 반성(半醒), 구름으로 승화되어 있다

바비큐 속내에 담긴 쌀밥의 효능
벼락 맞은 백양나무 효시(梟示)에
괘상(卦象) 받쳐 올리는데

메아리고개 넘나드는 시간의 긴 꼬리가
밤 찌르는 헛동작으로 선수권대회 막을 내린다

간밤 숙녀의 가슴 부풀어 오른 사연이
해빙기의 둔덕을 등에 지고
홀아비 동네 에돌아 영(嶺) 넘어간다

사윗감 점고는 바야흐로 진행 중이다…

2022. 8. 3

냉면

면발(面髮) 쓸어내린 삼복(三伏)이
식도를 넘어간다
오리오리 함성들이 창자모양 하며
무더위, 눌러 앉힌다

육수(肉水)의 부드러움,
기다림 녹여주는 현장에서
숙녀의 손가락이 미소 집어삼키며
설레는 가슴 골짜기로
사내의 흐뭇함에 스며들고 있다

카운터의 가격대, 노래되어 춤추는 시각이다

지갑 속 눈뜬 칼로리가
창밖 거리에 시선 던지며
천년지애(千年至愛) 혼설기에 별빛 심을 때
마주 보는 시선들에 여름이 옷 벗으며
휴먼의 공간 걸어가고 있다

눈 내리는 계절 속으로 무더위가
치마폭 들어 올린다

2022. 8. 5

역사(歷史)의 하늘

사랑이 익으면 와인 된다는
노래는 진작부터 있었다
이별 삭힌 세월이 잎 찢긴 눈발 된다는
추락에도, 갈새는 울음 멈추지 않았다

바람의 히스테리가
뻐꾹새 메아리 짧어지고 고개 넘을 때
구름의 안색 흐려있는 것도
늘 푸른 미소 때문은 아니라고 한다

봄꽃 피는 들녘에 향기 넘쳐나듯이
이별 지켜선 둔덕에
마법의 성, 지켜서고 있다

그리울 땐
편지 한 장 써야 한다는 생각마저도
낙엽의 눈물 받아 적는다
아픔아 이제는 흐느낌 전율해야 하리

그러나 에메랄드 눈빛 그늘아래
숙녀는 멍들어있다
촛불의 그림자가 밤 안아 눕힐 때까지
별들은 어둠 빛내주리니

시체 딛고 가는 발꿈치에 우주는 매달려있다

2022. 8. 5

고분(古墳)

어둠에 눈이 있다
눈 속에 어둠이 있다
밤의 존재가
지구의 공전에 무게 가늠해본다

숲속에 물이 흐르고
물속에 숲, 잠들어있다
소망 먹고 살 찌는 숲
숲 삼켜버린 물이 취해서 바다로 간다

암야(暗夜)의 대립 면에
일기 쓰는 마법의 역사(歷史)…
시간이 구름에 앉아
빙탑(氷塔) 쌓아 올린다

기다림 밖엔 기다림
아픔 밖엔 아픔의 액기스…
문안들이 세월 녹여 붙일 때
고독의 장막, 하늘 가려 덮는다

2022. 8. 6

잔(盞)

담을 수 있게 만들었다는 것
그래서 그런 이름 가졌다는 것 외에는
답이 밖으로
흘러나온다는 얘기가 되겠지요

나무의 눈이 초롱으로 변하여
그립다고 말할 건가요, 그러나 당신은
밤 지펴 올린 시간의
저승사자라는 걸 들켜버렸잖아요
아픔 밖에는
장인(匠人)의 땀냄새가 세월 깎는다는
일상이 알코올 되어버렸잖아요

해와 달의 교접메아리…
북어처럼 찢으며
소주 굽 내던 시각은 무서웠지요
어마어마한 칠흑이었어요
가슴 밝히는 등대의 숨결이라고 생각할 까요
삐져나오는 설렘…
받아주세요. 이제는 준비 되셨나요

계단 밟는 소리가
울대의 변신으로 쌍심지 내리꽂는
모멘트가 되겠지요
생긴 것 외에는 더 비울게 없는
세상 살아가는 이야기, 비 내리는 하늘이듯이…
구토가 깃 펴는 순서는 이제금

박카스의 옛 전설 꽃피워줄 것입니다
억겁 비정(悲情)은 애오라지
추억 발린 새벽이슬에 키스 얹어둘 것입니다

2022. 8. 6

알파벳 델타…

그담
절차는 바람이 물 들이키는
순번이 되겠습니다
수력타빈이 생각 돌리는 소리가
감마의 굳잠 흔들어 깨울 때까지
무좀 앓는
천체들의 힐링에는 코드가 필요했을 것입니다

나타샤와 산타마리아는
미란이와 영숙이의 구별만큼이나 기억 새롭고
확대경 든 오존층 눈확에는
파도의 거품마저 잘 익은 수박색으로
피리 불고 있습니다
죽음이 슬프다고 생각하지 마세요

시작은 또 다른 우주의
잘려나간 손가락입니다
영국식 발음법이 단전호흡(丹田呼吸)에
세월 길들여갈 때, 옛스~ 노~!!
구럭에서 기어 나온 집게발이
아틀란티스의 원혼 잠재워둡니다

어둠이 빛 씹어 삼키면
타락은 아수라, 옷 벗어둘 것입니다

2022. 8. 6

십자로

갈림길이라고도 하지
혼돈(混沌)의 핏줄 뻗어 간대로
길들이 모여 대통로 이루고
함성들 숨 죽여 눈뜬 거리를 오가고 있지
공간의 질서가 평면도 불 켜들고 있음을
「룰」이라고 부르지, 릴릴~

그냥 머무를 수 없는 사연들이기에
기다렸다가 떠나고, 떠났다가 기다리고
기다림의 숨결 적막 일깨워준다
문명이 낳은 생명의 철학…
메뚜기 뛰뛰는 풀밭 어록은
가로등 동공(瞳孔) 뒷켠에 감춰져 있다

반란의 목소리 압축해두면
어둠 불 켜두는 등대(燈臺)가 될까
좌로~ 우로~!
호각소리 근무하는 하오(下午)의 날씨는 덥고
추락의 무서리가 앞산 기슭
동년의 언덕을 침묵으로 덮는다

아아, 벌써 가을이 오나…
성숙이 뒷짐 지고 서성거린다

2022. 8. 6

미주알고주알

(1)

바람의 세포가 온도계의 눈금에
입 맞추는 초저녁 어스름
둘이는 레스토랑 한 귀퉁이에 히프를 접착시켰다
와인보다는 칵테일의 낱말이
스커트치마 사이로 고독 더듬거렸다

아픔은 이내 지나갑니다
스피카 떨림, 마주치는 눈빛에 얹혀있는 것처럼
그러면서 숙녀는 개미허리 같은 잔(殘)을 잡았다
삼복에 내리는 눈은 극지의 여름인가여…
끙~! 사내의 헛기침은 별 박힌 메뉴판 짚었다

발가락 사이로 빠져나가는 기다림도
겨울이겠지요, 그러나 당신은 성하(盛夏)의 옷고름~
남자의 호흡도가 알코올의 농도에
빨대 꽂는 착각으로 여자의 신음, 전율케 했다

(2)

미팅이었다, 밀애의 첫만남이
오리온성좌의 속주름에 가시 박힌 장알이란 건
카운터 네온등이 불 켜주었고
날개 서러운 남극대륙 펭귄의 하얀 가슴이
적도의 열기 내뿜는 역사를 획 그어주고 있었다

강강수월래… 옛 노래 번안곡이
교접의 별빛으로 우주 감싸는 밤이었다
새벽 오는 물소리의 핵산으로
시간은 도심상공에 놀빛 펼쳐줄 것이라는
꿈같은 예언이, 러브 코드 나열하는 시각이었다

집은 있나여, 자가용은 물론…
마음밖에는 마음 없다는, 르네상스시대의 철학 한 구절이
소외된 마음 치유하는 허겁의 순간이었다
발정난 아픔 보듬는 필름의 작업이었다

(3)

가을 달리는 봄빛 순정은
스카프 두른 매너의 속사정 저울추에 매달아주었고
음과 양의 조화가 호(好)라는
기억의 유래 메모해가는 맞선보기였다

나들목은 그래 좋았다…

2022. 8. 6

제4부

독백의 엇센스

언약

지켜야 할 것이라면
시간의 판막에 새겨두지 않아도
그림자는 정오의 태양 기억해둘 것이다
아지랑이 속으로 걸어가는
섬섬옥수 떨림에 낟알 움켜쥔 사연들이
별빛 굽는 사막의 배꼽에
선인장 가시 꽃피워줄 것 아닌가

낙타의 사명은 걸어가는 것
신기루 착상은 환영(幻影) 살찌게 할 뿐이다
밤 더듬는 발톱에
매니큐어 발리어있듯이
입술의 문안이 어둠 찾는 이유 된다면
무서리 내린 산자락에 추락하는 하늘…

목탁소리 고르로운 것도
바람의 콧구멍에서 염불 새어나가기 때문이다
나무아미타불, 관세음보살…
가슴 두드리는 법고의 음악이
운판그늘에 잠은 비기(秘記)를
계단 딛는 꼼수로 헤아려본다

2022. 8. 7

택배

어디서 왔습니껴…
라는 물음에 그는 주소를 꺼내 보인다
입은 붙어 버렸는겨… 그래도
애모엔 이별 숨어있다는 현실 때문에
아픔은 숙명 골라잡고 거리에 나선다

호주머니가 달려있지만
그 속에 뭘 넣고 다니는지 알 수가 없다
또한 그들은 어데서 왔다가
어데로 가는지 수수께끼다
확답의 존재는 별빛이어도 좋다고 생각했다

바람 속에 숨어 살면서도
삭발하지 않았어도
노승(老僧)의 장삼자락 냄새가 났다
아침 점심 저녁, 한해 두해 세해…
윤회의 주름살에 이슬이 반짝인다

싸인 좀 해주시죠,
수령인(受領人) 필적이 지도를 그린다
그라프가 메모 잠식해버리는 한 순간이었다

2022. 8. 7

배신자

미워야 할 착각이
꿀 발린 시간 잘라내어 무지개에 얹는다
가시 박힌 진실은 클론생존의 이벤트에 입 맞추며
기억의 솟대로 갠지스강 받쳐 올린다

다비하는 이끼들의 좀먹는 소리
감은 머리 틀어 올려 하늘 푸른데
맨발의 기억이 부화되는 허상에 낙인찍는다
태엽 풀린 폭포의 혓바닥…

지구는 극지(極地)의 아픔 보듬어가며
등 돌린 삼복(三伏)의 언어로 적도의 배꼽에 꽃씨 심는다
숙녀의 일기장, 문풍지로 도배되어 있다
여름에도 눈 내리는 삼동의 겨울…

윤회의 모체에서 기어 나오는
자벌레 느린 동작이 우주를 전율케 한다
버리고 가는 허리에 실안개는 별빛 엇센스이다
추억의 살인미소가 한 방울 사랑 아프게 한다

눈 뜨는 새벽, 아침에 업히어있다

2022. 8. 7

계관시인

근원이
계수나무의 넋임을
비천(飛天)은 치맛자락에 적어두고 있다
별빛 놀란 안색이
숙녀의 가운 벗겨 내린 은밀함에
촛불 켜들어 보인다

걸러낸 입덧마다
어둠 근 뜨는 소망의 메아리…
손가락 집합이 보석으로 응고되는 시각이다
단춧구멍은 뚫어서 어데다 쓰나
금발의 매무새, 놀빛 얹어두는 신의 가르침

카운터 흐느낌마다
저승역(驛) 나들목에 뻐꾹새 울음
널어 말린다
귀거래사(歸去來辭) 케이블에 광속 메신저가
블랙홀시공 역주행한다

아침은 어데서 왔을까
생각들이 갈비 뽑아 명암(明暗) 찌르는데
허겁의 역사가 속주름에
언어의 집 짓는다, 이슬빛 주소…
안개의 수틀에 꽃향 수놓아갈 일이다

2022. 8. 8

입추(立秋)

여름이 계선을 넘어섰다는 것인가
가을 딛고 오는 발꿈치에 무서리 따라선다
정수리에 기다림 굽어 얹는
낙엽의 나부낌이, 공연히 철새의 울음소리로
계곡에 말라붙는다
배꼽 드러낸 조약돌 패션쇼가 렌즈의 초점에
허겁의 연륜 점찍어두듯이
바람의 오선보 그려가고 있다

배나뭇집 총각 장가드는 모습이
뜻 찢긴 구름의 속내 부풀리는 작업으로
하늘의 멍든 가슴 메모해두는 안타까움이다

서늘함이 조바심 안아 눕힌다

2022. 8. 8

가을

또 한 잎 날아 내린다
나뭇가지에 환영(幻影) 걸려있는 동안
모래알 굴러가는 아픔이
흔적들 매무새로 갈숲 잠재워둔다
기다림이 사랑이라면 이별은 또
브루스인 것을…
별빛의 노래가 개똥벌레의 여름 신나게 한다
헐벗은 선율마다 비올라의 현 전율케 하는 것은
놀빛의 침묵 때문인 거다
갯바위 속주름에 나트륨 끼어있는 것은
바다의 설렘 때문이다
어둠 물고 추락하는 소리들
이 녘 공간이 빛으로 맺히어있다

2022. 8. 8

추락

왜 푸르렀다
붉게 타번지며 웃어야 하는가
바람의 안식에는 답이 없다
아픔의 뿌리는 어디에 그루 박아야 하나
햇살의 매니큐어는 핏빛 미소 삼켜버린다

캘리포니아주 우육면
양념같다는 색상이 하루를 취하게 하고
무주공산 보름달은
부엉새 우는 고갯마루 울며 넘는다

가야만 하는 환승역에
풀잎의 노래 깃발 흔들어대고
가오리 날개가
해저 더듬는 지구의 나이를 묻는다

공중낙하…
우주의 각질 속에서 빛은 비로서
세상의 아픔이 된다

2022. 8. 8

도량형의 변신

그것은 당혹이 아니었다
피노키오의 코가 길어졌다는 것은
망언의 밀어가 들통 나
콜로디(Collodi, C.)의 손가락이 탄생시킨
환상의 가지들로 하늘 쓸었다는 징표였다

우연은 있었다
그러나 이웃집 새각시 입맞춤이
레스토랑 덮어주는 드라마의 겨울임을
생각해보았을까

그대는 사랑한 적 있는가…
그리고 이별한 적 있는가…

방명록 선율이 노래 되는 순간이었다
사막 앓는 가슴 공연히 적셔주면서
갈매기는 난바다 거센 신음 흉내내고 있었다

카운터가 돌아가고, 마담의 기침소리…
새벽 토해내는 알람의 성씨는
말미잘 열두 시를 가리키고 있다

2022. 8. 8

그리스여 넋으로 말하라

밤 켜든 제우스의 눈에
비가 내린다
빛살 기워 덮는 또 다른 지구의 손짓이
주라기의 비명 깎아 메아리 새겨 넣는다
느낌의 발톱엔 주소가 보이지 않는다고
안개의 히프에 별빛 비추랴
조밥엔 당콩 넣어야 맛 난다는 잠언록마다
올림푸스성산의 잔설 되어
눈뜨고 있다
프로메테우스… 사슬 감아쥔 공간~
알라딘 금등잔 전설도
부드러운 헤라의 손길에 받들려
어둠 밝혀주는데
오호~ 아폴리네르의 미라보 다리 아래로
전설의 세느강은
요르단강 발음법에 예루살렘 적어 읽는다
신기루는 사막에서 솟았나
오늘도 아폴로의 기상이 우주를 덧쌓아갈 뿐이다

2022. 8. 8

화요일엔 화난다고
말하지 맙시다

두루두루 사는 것이 인생이라는 코드에
기다림이 점 박혀 있다
외눈박이 가로등 어둠 밝히는 이유도
샛길 빠져나가는 바람의 즐거움에 빛으로 웃는다
염주 굴리는 노승의 장삼자락이
고요 덮인 계단 쓸어내리는 사연마저
추락의 단풍 볼 붉히어주는데
가슴 아픈 날은 참고 견디라, 시인의 말씀이
별 되어 계곡의 속주름 어루만진다
아코디언 건반이 슬픔 연주하는 동안
신기루여 주소여, 사막의 배고픔에 해일 덮어주시라
에너지 노출이 갯바위 기슭 감싸고 돈다
울어도 보았는가, 원망 녹슬어버릴 때
사랑의 미소는 복싱 타입으로
괴로움 강타해버린다
군이여, 새벽 오는 기슭에 이슬 수놓는
꽃잎의 향기를 만져보았나, 취해 가는 인생 입맛 다셔도
아아, 화요일엔 화난다고
제발 말하지 맙시다

2022. 8. 9

독백의 엇센스

어느새
그리 많은 분열이
고요 덮는 환각 수놓아간 것일까
해법의 주파수가 안개의 입자로
기다림의 방정식에 날개 농축 시킨다

사이렌 지청구가
소망의 이벤트에
와인향 지펴 올릴 때
조락의 잎새마다 흙에로의 귀의(歸依)…

가을빛 미소는
물 푸른 기억 포개어 구름위에 얹는다
바람의 주소는 어디…
어둠의 대안이 햇살로 환생하느니

봄 오는 길목마다 호랑나비 춤사위가
시린 하늘 눈뜰 수 있도록
아픔은 언제나
숙명의 빗장 열어두고 있다

2022. 8. 9

숙명

물보라 속에
무지개 숨어산다는 것은 가상(假像)이다
눈물의 깊이에 하늘의 연륜 보인다는 것도
망설(妄說) 앓는 억측이다
먼지들의 우주가 세포의 반란
형이상으로 조명해간다

영혼의 존재는
육체의 한계에 종지부 찍고
밀랍의 용액에 북녘의 오로라 곱게 잘라
봄씨 파종해 넣는다
안개 낀 지구가 어둠속 걸어가는 환영(幻影)은
빈자(貧者)들 흘레 하는 소리이다

향기 꺾어 입에 문 할레혜성 긴 꼬리가
기억, 멍 때리고 있다
발가락 키 돋움 하는 현실이
시궁창 하수구에 철학 벗겨 옮겨 심으면

이데올로기는 없다, 다만…
선인장 가시에 숙녀의 허벅지 찔려있을 뿐이다

2022. 8. 9

수요일

보았을 것이다
수월하게 피어나는 꽃에도
향기 삭는 세월, 기다림 펴들고 있다
만삭의 아침이
탁자에 빛살 펴 바를 때에도
젓가락 사명은 기억 집어 입가에 가져가는 것이다
원래부터 화가 나던 여백이었다고
고집하지 말자, 이별의 합수목에 사랑은
고도(孤島)의 숨결, 탑 쌓아올리느니
사막 앓는 신기루의 나비꿈도
목숨 받친 일순간에
수없이 입 맞추었을 것이다
이끼 돋은 바위, 바람이 다독여주어도
욕망의 혓바닥에 가시는 박혀있다
동집게 사명이
그리움 채집해두는 동안
아픔이 무엇이든가 따지지 말자
숟가락 하루가 에너지마당에 손 내밀고 있다
시작은 시작을 슬퍼하느니…

2022. 8. 10

본초 자오선

시작과 끝의 분계선이
아지랑이에 숨어 있은 순간부터
구멍 난 기억엔
먼지들의 데모가 있었다
간밤 사립 사이로 빠져나간 바람의 힌트에도
부푸는 사연 깃들일 수 없었다

비 오는 날엔 우산 쓰듯이
파도 굼실대는 색상은
잠자리 날개에 실린 무지갯빛임을 왜 몰랐을까
신기루의 탄생이 사념의 지구보다
황홀함 진맥하는 순간임을
아픔은 메아리에 수놓아갔고

담쟁이풀 여린 손끝마다
시간 만지는 감각 메모해두었다
꿈은 숙취의 낙원…
아르키메데스의 하늘에 수학공식이
구와 원기둥의 대각선으로 이별의 거리를 잴 때

사랑의 뒤안길에 인연은
허무 비끄러맨 연민의 연장선이었다

2022. 8. 10

편린들의 문안

숙명은
조락의 아침에 딱지 붙이며
허상 줍는 미소로
리허설에 단추 잠근다
님프의 유혹이 빗장 열어두는 혓바닥일 수 있다

프로메테우스의 낙언(諾言)이
어둠 잠식해가는 작간이란 걸 굴절은 안다
평행이동법칙이
계단의 판도를 재 검측한다

소크라테스의 하늘에
우주 잠깐 빌려준 오아시스가
신기루 뿌리 내린 여백의 이유가 된다
저승 갈 때, 황천길 허벼두기 위함인가

비누거품 팍 터질 때까지
제 이름도 모르면서 아픔은 꽃으로 핀다

2022. 8. 10

객주(客主)

하나가 하나이라면
셋은 숫자 밖에서 넷으로 거듭난다
다섯 여섯이, 여덟 아홉 부르면
열하고 열한 번째가 열두 시를 가리키며
인생은 열세 시오…
마음은 열네 시라고 입을 모은다

간석지 쉰내 나는 목청이다
타임머신에 기원(紀元) 감겨져있다
이삼은 육, 삼사는 십이…
올림픽학원 내려다보이는 계단에서
화가의 손은 떨린다

메아리가 옷 벗고 활보하기 때문이다
왈칵, 적막 감싸는 달거리와
퓨전(fusion)의 법칙…
구구단이 홀아비 동네로 걸어가고 있다

저만치, 바람이 분다

2022. 8. 10

혼돈(混沌)의 주사위

하늘 등에 지고
바다를 건넌다
어둠 싹트는 소리에 귓바퀴 세우고
망울 진 이슬에 아픔 새겨두는 각질…
타임머신 비듬 긁는 간이역은
환생을 꿈 꾸어본다
앙코르 애완견의 기침소리가 정원 물들여간다
소낙비 내리는 지구 밖에서
암장의 온도 검측해가며
태양은 촉수 뽑아 좌표의 발바닥 간질이고 있다
전화 한통의 각색, 그 곳에
숙명의 그늘이 있다
알람 메모해두는 맥락이
각막 앓는 태고의 시간 조립해갈 때
사랑은 용천혈(湧泉穴)…
깃발 꽂아두는 것 잊지 않았다
그것은 숙명이었다
극지의 숨구멍에 영혼
드나드는 통로, 그것은 거짓말 같은 진실이다
막(幕)이 역사, 추켜세운다

2022. 8. 10

징검돌

언제부터 앉아있었는지
심심하겠다는 생각들이
제곱미터 우주에 뿌리내리고
버뮤다삼각주에
히프 젖은 세월 감추어둔다

딛을수록 단단해지는
인내의 견고함…
교접 메아리가 그 속에 농축되어 있다
마고(魔姑)의 숲에서
무지개 색상은 길손들 발바닥에
기도(祈禱), 눌러 앉힌다

억겁 소망 고착시키는
즐거움일 것이다. 또 …
아방궁 신전 때 묻은 전설이
속죄 씻어버리는 모험일 수도 있다

가부좌 색상은
언제나… 숨죽인 좌선(坐禪)의 수련이다

2022. 8, 11

윤리의 트랙(track)

지심 깊은 곳에서 슴새 나온
문명의 흔적이 피라미드에 적히어있다
스핑크스 베일 가린 진실은
블랙홀 촛불 켜드는 몸짓이다

잘라터진 아픔마다
둘에서 셋으로 이어지고
물 먹던 송아지 하늘 쳐다보는 것도
멍든 기억 구름위에 얹기 위함이다

바람이 입술 만진다
어둠 뻗어나간 샛길에 반뜩임이 있다
외계인 눈동자가 놀빛으로 지구 감쌀 때
공전하는 치맛자락
옷고름 풀었다 고쳐 매고

어둠 찌르며
새벽 동트는 모습은
이슬빛 카리스마에 깃발 추켜들고 있다
천지합일의 묘미(妙味)가 송진 되어 흐른다

2022. 8. 11

신편(新編)아리랑

안개 속 거닐면
파도의 손가락이 보인다
햇살 한 오리 집어 들고
누드 덮는 별빛도 숨결 고르고 있다
녹슨 광야 짓누르는 억겁 비정(悲情)의 숲에서

이유의 통로는 고독 실어 나르고
하이힐 거리 밟는 메신저가
필름의 순간, 보슬비로 적셔준다
근원은 어데서 왔을까…

계단 딛는 소리가 구름위에 무지개 얹어둘 때
시집 못간 오리나무에 잎새 나붓거리듯이
시간 도적 맞힌 언어가
명암(明暗)의 섭리에 눈물 심어 가꾼다

아픔이 꽃이 되던 날
노래의 임자여 구겨진 기다림 대신 키스 날려라
눈동자에 감추어둔 사막의 악수가
어둠 배웅하는 새벽이 된다

2022. 8. 11

짝사랑

수수께끼의 착상이
가로등 눈뜨는 시각 각색해두고 있다
낙엽의 주파수에 옷자락 털고
해파리의 촉수, 음이온 입방(立方)에 빨대 꽂는다

잠 못 이루는 밤마다
흘레 하는 몽설(夢泄)의 꼬리가
사막 끌려가는 소리로 바다의 멱살 잡을 때
허공에 신기루 그려 보이며

남술 받쳐 든 가지가 허겁 찌른다
어둠 부서져 내리고
뜻 찢긴 기억의 틈서리에서

사변형 대각선이 능선으로 침묵을 잰다

2022. 8. 11

진주 그 보랏빛 하늘

어둠 갈고 닦는 심야의 기저에서
고통 짓씹으며, 빛은 음색 윤택해가고 있다
가리비 품속에 섭리의 세포확장
인내의 견고함으로 연륜 새겨 넣으면
침묵은 각질의 출렁임으로 파도 길들일 것이다

바닷새 부리에 물린 햇살 한 오리가
무지개 나울대는 난바다 덮어줄 수 있다면
옷 벗는 구름의 난센스엔
바람도 머물다 갈 것을… 그러나

극지(極地)의 시려드는 가슴엔
날개 서러운 펭귄의 미소마저 빙산 깎아
지구의 기억 틀어막는다
솟대의 항해에는 닻 올리는 메아리가
대안의 작약꽃 눈뜨게 할 수 있을까

가는 길 굽이마다 망울지는 향기의 기포
걸음마다 연민 한줌씩 풀어놓으며
환승역 순정으로 황천길 계단 밟는다

2022. 8. 12

블랙홀

그게
숨구멍이라는 걸
알면서부터 세상은 빨려들었지
들숨의 인력이 배꼽으로 숨 쉬던 시절마저
삼켜버릴 줄은, 예감의 새도 감감 몰랐지
하오나 존재의 역상은
거꾸로 걷는 한적함 즐겨 읽었고
필요 이상의 숫자들로
천문학 커튼 열어젖히는 열망, 감아쥐고 있었지
아픔이란 결국 뒷개울 후미진 곳에
첫사랑 그 이름자 묻고 온 것처럼
애절함에 고름 푸는 일만은 아니었다
저승꽃 검은 향기가
순록의 잎새 어루만지던 주파수에 초점 맞춘다
조준경 회전이 망각의 발톱에
매니큐어 짙게 바른 그날 아침은
이웃집 숙녀의 치맛자락
펄럭이는 유혹을 자랑하는 날이었다
빨려들어라, 그래야 산다…
저승사자의 부름소리가 별 되어 떠있다

2022. 8. 12

리비도의 서막

하늘이 저렇게 높고
푸른 이유를 탁자 위에 펼쳐놓는다
스멀스멀 기어가는 안개가 구름이 된다
확대경 너머에
슴벅이는 눈이 해가 되고 달이 된다

젓가락이 세상을 집는다
숟가락 마법이 가을 듬뿍 담아
굴착기 식도에 밀어 넣는다, 생각이 꼬불꼬불하다
컵라면 두 개가 속살 섞으며
오르가슴이라 부른다

냇물이 흐르고 바람이 불고 철새가 날아 지나고
계절이 한창인데, 언덕위에 바다가 넘실대고
객주의 한낮, 허름한 나뭇가지에 기다림 비끄러맨다

바다가 저렇게 깊고
너른 이유가 탁자를 보듬어준다
초싹이는 시간이 고독 움켜쥔다고 한다
손가락 틈새로 삐져나가는 기침소리가
안경 추스르는 데모의 브래지어가 된다

2022. 8. 12

실험은 없다

굳이 말씀 없어도
눈빛 하나로 원근거리 조절은
가능한 것이었다, 가슴에 망울진 그리움마다
소망으로 살찐 별이기 때문이다
빛이 오르락내리락 한다
구름의 안색 창백한 것도 높푸른 하늘이
시간 슬퍼하기 때문이다

만남의 부질없음이 이별 애석해하는 것마저
체념의 가시내 홀아비 턱수염
밀어버린 때문이라면
슬픔의 여백은 구겨 쥐지 말자
못다 부른 노래는 상기 놀빛 윤색해 가는데
판도라 궤 속에는 오늘도
씨앗들 언약이 눈뜬 새벽 기다리고 있다

절창은 언제나 고독의 순례(殉禮)에
지장 찍어두느니
갈망의 그림자 짓씹으며
사랑이여 눈꽃 되어 극지(極地)의 겨울
가려 덮을 일이로다, 매무새여 실컷 울어라

2022. 8. 12

아플 통(痛)…

나팔꽃 속에서 시간이 흘러나온다
기포 뚫고 미소 짓는 모래알 자백서에
눈물이 젖어있고
개똥벌레 언덕 넘던 전설은
바람의 꼬리 물고 이끼로 돋아나온다

역사의 페이지에 밑줄 그어라
파도의 한숨이 마스크 벗으며, 플러그의 색상
시공터널에 쌓아 올린다
풍경(風磬)으로 눈뜰 계단의 묵상이다

피리 부는 아녀자의 섬섬옥수가
잠든 우주의 허리에 머물러있다
별빛 놀란 표정에는 초싹이는 숨결
멀어져가는 하늘 멍들게 한다

겨울 녹듯이, 이제 봄 오시려는가
집게발에 공전하는 지구가 집히어있다

2022. 8. 13

임마누엘

언어의 가족사가
거사(擧事)의 탈출 소각해버린다
기다림 토해내는 딸국질…
물보라 움켜쥔 무지개가 허공에 걸리어있다

고요 두드리는 건반에
바얀이란 이름으로 아침 맞이하는
속칠화음의 입냄새
비뚤비뚤 눈뜬 신음으로 사막 더듬어 가면
타관 땅에 별빛 흘러드는 멋스러움이다

디아스포라 기호학이 밑줄 긋는다
단전호흡법 상단에는
우주의 자궁에로 통하는 입구가 열리어있다
사랑이 사랑 그리워 할 때

이별의 브루스는
뜻 짖긴 천국 눈꽃에 새겨 넣는다
아픔밖에는 메아리가 노래의 전주곡이 된다

2022. 8. 14

일상(日常)

업보의 발톱이
안개의 지청구에 집념 윤색해간다
풋잠 시달리는 눈뜬 시간이다
수목드라마 자막에 내린 사랑의 트위스트
전생의 기다림 덮어주는
장명등 날개에 이슬 매달아준다

비천(飛天)의 손바닥에 신음 묻어나있다
끼리끼리 점선들 집합…
추녀 끝 주련으로 빗줄기 불러올 때
눈꽃의 자백은
겨울 오는 창가에 환영(幻影) 그려 넣는다

속주름에 입 맞추는 손가락마다
헐벗은 고목 살찌게 한다
명언마다 어둠의 허벅지에 키스 날린다
춤추는 내일의 색상, 단풍으로 물들어있다

2022. 8. 15

세월이 가면

이 여름…
화분에 더위 옮겨 심고
지구는 안경알 닦으며
늙은 겨울 스캔하고 있다

매캐한 기억이
오아시스 내려앉는 요인일 거라는
오차가 있다

접속사가 언어의 한계에
도전 걸던 아픔이었다

별빛 돋아나는 어둠이 빗장 열고
밀물의 언약으로 문턱 넘을 때

묵언의 강타~!
바람의 기저(基底)엔 욕망의 솟대…
햇살의 깊이에는
너비가 보이지 않는다

개평방 합수목마다
빈 들녘 울어줄 뿐이다

2022. 8. 15

비상(飛翔)의 꼬리연

망각의 갈림길에서
언약의 부질없음이 기억 날려 보낸다
연줄에 이별 매달아두는 것은
암벽 핥는 천년지애가 춤추는 것이다

기다림 연소하는
액틀이 숨 쉬게 할 수 있다면
놀빛 공전마다
세상 모두를 제단에 받쳐 올릴 것이다

그러나 집게 집힌
얼레의 초점은 사념(思念) 점찍어두고
멈춰선 곳이 고향이라…
영 넘어, 달빛 계단 밟는다 하네

사막 앓는 바다, 그 생채기에
나팔꽃 핀들 어떠리
봄은 봄이래서 향기 꺾어 부르며
간다고 하네, 가노라 하네

2022. 8. 15

거울명상

프로펠러가 돌아가고
낱말이 물 되어 흐른다
우주의 씨앗들
그네 타는 소녀의 배꼽에 뿌리 내린다

블랙홀 어지럼증
침전하는 빛살의 가지…
빙산일각 꽃 피우는 뾰족한 아픔들이
종기 치켜들 때에도

버뮤다삼각주는
안개의 각혈 멈추지 않는다
상어의 톱니…
어둠 물어뜯는 색상 닮아있구나

시간은 존재마저 잊은 채
누구십니껴…
레코드판에 사념(思念) 끼워 넣는다

아리스토텔레스가 걸어 나오고
바람의 히프가 치맛자락 들어 올린다

2022. 8. 16

숙녀의 온도

눈금의 정밀도가
수축과 이완에 불 지펴 올린다
타 번지는 힘줄이
대나무의 속살에 피리 부는 한나절

언약마다 잔 드는 모습이
찢겨진 눈꽃에 각인되어 있다
뿌리 내린 그리움
보석향 망울마다 별빛 되어 흐른다

고요 밟고 걸어가는
발꿈치가 이별의 대안에 머물러있다
뻗쳐보자 닿을 수 있도록
생각의 나이테에 태양 그려 넣는다

태초의 낱말이 씨앗 되어
시조새 발톱에 들이 박힌다
어둠은 싹트며 간다, 날은 밝는다

2022. 8. 16

숙명 애오라지

시작과 끝이 마주보며 악수하는
나비의 날개에서
햇살은 미소 추켜들었다

이슬 맺힌 풀잎이라거나
꽃밭 거니는 소녀의 발바닥 향기보다도
놀빛 주름잡는 긴 겨울 소망이
고패 치는 연륜 부풀리고 있다

물위에 떠있는 판도들의 표류
낙엽의 비상엔
자전(自轉)하는 우주의 메시지도
순록의 아침 받쳐 올리고

미나, 리나, 예슬…
뉘앙스가 햇살에 볼 비비며
바람의 부름으로 다가서고 있다

어둠 길들여진 기다림
해 솟는 즐거움이 그 속에 있다

2022. 8. 18

각시탈의 사명

탕~! 문 닫기는 순간
좀비의 잠입은 향기처럼 파득거렸다
그것은 환각이라구요~ 시간이 기억 핥으며
확대경 들었다 놓는다

피리 부는 사내의 입술이
사막의 휘파람 감싸는 동안
숙녀의 가녀린 허리엔 싸리꽃 핀다
꿀벌의 문안…
그 속엔 예리한 독침도 준비되어 있다

기다림이 슬픔이라구요~
구구단 외우는 혓바닥 찢겨진 사실
바다로 간다
암장 앓는 지구의 속사정,
우주의 공전에 별 빛나듯이…

신편아리랑 막(幕) 올리는
오리온성좌
그 전설이 새벽 눈 뜨는 이유가 된다
잔은 그림자 울게 하느니…
사랑은 이별 아파하느니…

언어의 범람이 마음 밖 사념에 부리 갈고 닦는다

2022. 8. 19

조락의 아침

가을이 왔다구요
비가 내린다구요
바람 새는 둔덕길에 망향 천만리
가오리 날개가 해저 더듬는 순간마다
사랑의 뒤안길엔 이별이 보초를 서네

아픔이 왔다구요
무지개가 이슬 낳는다구요
신기루 성씨에 슬픔도 새겨 넣었네
낙엽 날리는 산자락에
기억의 한순간, 깃발로 꽂아도 두었네

사막 딛고 가는 바다의 입덧
그 여유로운 하늘엔
눈꽃들 넋 잃은 메아리
얼어 터져 꽃으로 향기 날리네

가을이 왔다구요
비가 내린다구요
어둠 보듬는 가오리 날개처럼
우리들 만남은 미로의 별빛 걸러
회한의 우주 눈뜨게 하네, 기다림이었네

2022. 8. 19

그때는 그랬지

라고 하며
눈 감아보는 순간은
기억이 볼 붉히는 아름다움이었다
아마도 그러고 싶었을 거야
라는 생각도 먼 하늘 바라보며
구름의 주소 새겨두고 있다
방랑의 시간, 부질없는 이유가 되고
콧날아래 두 점
욕망은 입술의 문안에 립스틱 덧칠해간다

그럴 수밖에 없었을 거야
그 시적엔 말이지…
라고 하며 정오의 태양 바라보고 있을 때
낙엽 깔린 산자락에 사랑은 눕고
즐거움은 햇살의 이름으로
동년의 언덕에 향기 실어나르며
꿈탑 쌓아가고 있었다

미란아, 영숙아,
그리고 눈썹 고운 봉화야…
소리가 휘파람 불 때
에메랄드 청춘이 첫사랑 그 시절에
손 내밀어본다
그때는 그랬지, 정말 그랬지~
인동초의 끈끈함이
긴 겨울 인내하는 목소리 흉내 내보고 있다

2022. 8. 19

길밖에 길 하나 세워두고

클론 하늘, 번개 이는 기억은
시간에 별빛 매달아두는 작업이다
우레의 코 고는 소리마저 기악연주라면
상선약수(上善若水)의 흔적은
이슬 감춘 부드러움에 볼 비벼댈 것이다

가르침은 언제나
노자(老子)의 손에 쥐어져있다
도가(道家)의 갈피에서
부서져 내리는 향기의 분말
명암의 섭리가 도래솔군락지 잠들게 한다

기다림은 어데서 오나
닏고 떠난 그 곳이 억겁 다져넣은
정토(淨土)이거니
박제된 세월이 가을 단풍 불태워본다

잊은 듯 가신 듯 웃어나 보랴
자전하는 또 다른 지구가
광속(光速) 켜든 그림자로 떠나갈 일이다

2022. 8. 19

전설의 여울목에서

고삐 풀린 방주(方舟)가
창세기 사막에 묻혔다고
어둠 타들어가는 소리가 별빛에 입 맞춘다
밤빛 역상이 거울 살찌게 한다

파도의 속살이
물과 불의 조화를 둥글게 할 것이다
나트륨의 역사가
구름 딛고 가는 손바닥에 숨죽여 내린다

노아((Noaḥ), 노아((Noaḥ)…
소리가 잔디 되어 고독 덮을 때
존재의 등심(燈心)에서
빛이 꼬불딱 무지개로 기어 나온다

신기루는 날개 없이도 허공을 날고
타임머신 행적은 예수를 탄생 시킨다
극지의 신음 노랫말로 꽃피어날 때

향기 머무르는 곳에 내일이 노 저으며 간다

2022. 8. 20

석별(惜別)

아저씨는 호주머니에서
그리움 한 장 꺼내어
숙녀의 괴춤에 찔러주었다

미스 박~!
초점 잃은 허공이 자칫 허우적거렸고
늘 푸른 하늘이
가리비 가슴에 진주로 싹트고 있었다

곧 떠나신다지요
가시더라도… 이름만은 기억해주셔요…

선글라스는 옷섶 펼쳐 하늘 닦는다
바람이 불었고 냇물이 흘렀다
조락의 잎새들 볼 붉히며 산자락에 누웠다

구름의 입덧엔
<갑돌이와 갑순이> 노랫말이
햇살 들어 그 가을의 첫 순정
받쳐 올리고 있었다

2022. 8. 20

갈래의 흐름, 그 연장선에서

통신록에서
먼저 떠난 사람들의 이름에
별꽃 하나씩 붙여본다,
숙이, 숙자, 그리고 동숙이…
그리움이 눈꽃 되어 시간 덮으며 사막 잠재워둔다
이별이란 만남을 위한 영혼들의 재기(再起)인 것을…
라는 어록이 형이상의 아침을 눈뜨게 한다

혹자는 손가락 틈새를 빠져나가는
미증유의 아픔 같다고 했다
그러나 빵집 아줌마 부풀린 미소에는
매화꽃 향기도 안색 붉히고 있었다
봄은 언제나 기다림 밖에서 서성이고 있음을
착각하는 순간이었다, 환각의 메신저도 볼륨 높이고 있었다

말이나 되나~
행간(行間)의 거시기가 페이지 조준작업에
고독 각성시키는 버팀목이었다
기억은 해서 뭘 하나, 두고 가는 입덧이
계단 밟는 소리인 것을…
라고 말하는 성자의 목소리가 놀빛 하늘 각색해주는
배고픈 충만이었다
괴로움엔 언제나 보석의 그림자 깔려있었다

2022. 8. 21

명찰(名札)

그게 뭐란 말인가
이름의 순번이 버선목 뒤집어 보이듯이
선생, 편집, 주간, 대표, 회장…
그담엔 아아~ 먼지와 바람과 물과… 그리고
또 구름 되어 고개 넘는 억겁의 허상 속에서
부엉새는 밤마다 울고, 무서리는 가을 산자락 적시어준다

도대체 이럴 수가…
메아리의 음절마다 저승꽃 향기 얼룩지는데
립스틱 색상이 어제 오늘 덮어 감춘다
그림자들의 깜작쇼~!
신기루의 배꼽에 사막 스캔해둔다

어둠이 치마 펼쳐 저널 닦아가는 사이에도
빛은 어데서 오나
마우스가 포샵 안개에 이슬 그려 넣는 동안
사랑은 눈물의 씨앗, 초탈의 하늘…
망설(妄說)의 기억이 대안(對岸)의 속삭임에 뿌리 내린다

기다림의 단춧구멍마다 별빛 스릴이라면
북회귀선에 비 내리는 소리는 점, 점, 범…
적도를 넘어서는 개똥벌레가 된다

2022. 8. 21

천지현황(天地玄黃)

전시관에
병마용 종아리뼈가
쓰레기 줍는 손놀림을 불빛에
드러나게 한다

구름 꿰지르는 그림자가
이끼 돋은 궁전 무너뜨리면

다비하는 수련자의 염불소리는
기대세운 바람벽에
요실금 앓는 법단의 촛불 쓰러뜨리고

하늘 굽는 태양의 부스러기들이
별이라는 이름으로
어둠의 장막에 구멍을 낸다

아킬레스건이 발꿈치 잡는다
주사위가 놀빛 틈새로 빠져나가고
숙녀의 치맛살에…

어험~ 날이 밝는다…

2022. 8. 21

가는 길

아니 갈 도리는 없는 듯하여
마침내 나선 여행길엔 안개 덮여있었다
이슬이 기억 적시며
발바닥 간질이는 햇살 천만리,
날이 개이면
바람 부는 언덕엔 잠자리 꽁지도 빨갛게 익는다

왔다가 갔다가 또…
망각 앓는 주파수가 찬비 되어 내릴 때
우주의 연륜엔 공전의 궤도,
라는 것을 알면서도 지구 밖 또 다른 천체는
계단에서 굴러 내리는 메아리 흉내 내보았다

삣쫑~ 삣쫑~~
황천길 울다 가는 영혼의 날개
그 엄청난 깃털 속에서 바다는 구토를 삼켰고
고바야시 다끼지(小林 多喜二)의 소설 즐겨 읽던
총각시절 혁신으로 숫구멍에 불씨 얹어두었다

착각이었나
별빛 걸친 낭만의 순간들이 둔덕 넘어서
앞서 간 웃음소리 주워 담으면
수표 없는 가을 숲에 부엉새 울고
쉬었다 가시라, 간이역이 간사스레 미소 집어 바른다

2022. 8. 22

갈꽃순정

갈대는 말이 없다
속 비운 판막으로 전율하면서
바람에 흔들리는 괴로움으로
색 바랜 사랑 받쳐 올리는
환각의 공간…
늘 푸른 하늘에 구름의 가르침은
썼다가 지우는 무상의 세월로
뿌리 내린 생각에 촉수 뻗어나간다

이슬의 탄생
스며드는 잎새의 눈물이다
어둠 감싼 밤조차
감로수의 문안에 별 되어
매듭 풀린 지각(知覺) 노크해갈 일이다
예상사가 무지개 펼치듯
신기루는 심장에서 솟아오를 것이다

향기라는 이름으로
색 바랜 꽃잎 나붓거릴 때
눈굽 찍던 첫사랑 모습조차
물녘 그림자로
존재의 하루 일으켜 세울 것이다

2022. 8. 22

하늘 천, 따 지…

구름 사이로
검은 안개 흘러감을 지켜보면서
생각의 마우스는 오렌지 기억 터치해간다
봄날의 이벤트가
버들개지 살 오른 시간 윤색할 때까지
착상의 속사(速寫)는
겨울 옷고름에 인동초 향기 매달아주고
슈퍼에서 만난 여자의 미소로 손목 틀어잡는다

피라미드의 비밀~
스핑크스 두툼한 입술에 감추어져있다
모멘트에 별빛 스크랩해둘 때
개미허리에 바다가 비끄러매있고
파도의 입덧, 날개 길들이는 소리들이
계곡 삼킨 실개천에
고추타래 빨간 가을 비껴 담는다

초침이 걸어간다
포르노…
리비도가 역상에 렌즈의 초점 발효시킨다
모니터가 아침 갈고 닦듯이
간밤에도 바람 따라 달아난 숙녀의 숨결
잘려나간 발톱 힘으로 이별의 둔덕 버티고 서있다

2022. 8. 23

화전(花煎)가게 앞에서

기다림 녹슨 햇살에
건조된 시간, 머물다 간다
안개 주렁진 냄새가 깃 편 흐느낌으로
숲의 두께를 측량해둔다
간이역 색상은 명암의 경계를 확실하게 한다

알코올 농액이 시방…
사막 끌고 가는 난바다에 젖어있다
육체와 영혼의 분리
그것은 구름으로 되었다가
빗줄기로 쏟아지는 배고픈 궤적이다

버선목 뒤집는 소리가
역병 앓는 코드에
추억 세탁해간다, 바람은 분다

빗장은 열려도 개미허리 짤록한 건
조물주 기록에 메모되어 있다

2022. 8. 23

착상(着想) 한순간

하루를 이어가는 작업이
철거하는 새벽에 이슬 얹어둘 일이다
향기 한줌 이고 가며
속주름에 한숨 펴 바를 메아리이다
카드인출기에서 지폐 뽑는 것도
멱살에 얽매인 넥타이의 넉넉함이다
악어 범람하는 시절은 우기(雨季)만 아니라고
열대우림기후가 일기를 쓴다
스나미의 깃털…
적막 덮는 데에도 이유는 있다
아나또리 킴여사의 밤색 치맛자락이
바다를 들었다 놓는 고독은
고름 풀려나가는 신음만이 안다
멍든 무지개, 색상 잘라 허공에 걸어둔다면
문안 그리운 그 순간은
글로벌 단춧구멍에
사념(思念) 꺾어 꽂아둘 일이다
종아리 드러낸 발톱마저
오르가슴에 보습날 박아 넣을 일이다

2022. 8. 24

산부인과

아픔의 산실에서
씨앗들이 뜬다
가을 산자락에서 만난
구릿빛 미소가, 햇살 영그는 순간으로
낱말 보듬어간다
어둠이 빚어 올린 빛의 출시~!
생명의 복도에 기다림 미소 짓는다
아리스토텔레스와 코페르니쿠스
플라톤의 말씀마저 별 되어 반짝거린다
일월성진 잠행하는 은빛 날개에
해와 달의 교감…
극지(極地)의 신비에 무지개 뿌리 내리고
타임머신 입찰경쟁이
사랑이란 대명사로
꽃잎 물들여가는 시각이다,
향기의 주소는「터모러우」
라는 외래어로 일기를 쓴다

2022. 8. 24

낙하(落霞)의 이력서

급하다고 바늘허리에 실 매어 쓰랴
아니라는 적격론(適格論)이
배꼽에 지구 한 알 끼워 넣으며
아리스토텔레스의 법칙을
운무에 춤추는 달이 되게 한다, 그게 사랑이다

콜로디(Collodi, C.)의 책속에서
피노키오의 코가 삐져나온다는 것은
망설(妄說) 아닌 착각의 진실이다

옥에도 티가 있다면
역사는 한 톨의 먼지에 키스하는 입덧이다
카리스마가 빛의 근원이 된다
오리온성좌가 신비로운 건 멀리 있기 때문이다

메아리가 세상 흔드는 촉감
숙녀의 가슴이 커지고 있다, 그것이 또…
어둠 마시고 빛 되는 까닭이 된다
환생 메모하는 샛별이 흑암 즐감하고 있다

2022. 8. 24

뮤직(music)의 계단

소리에서 나비가 날아 나온다
날개에 이슬이 끼어있고
잘려나간 발톱에 입 맞추는 매니큐어가
시간 앞에 무릎 꿇는다

거친 들녘 어스름같이
섬섬옥수 살찌는 마디에 별이 빛난다
미파는 쏠, 라씨는 도…
「산해경」 허리에 높이 솟은 곤륜의 넋이
하늘 푸른 구름 되어 깃 펴고 있다

다시 잡은 아코디언 연주곡
러시아 광야에 꽃향기 넘쳐흐를 때
에베레스트 빙탑의 넋…
공전 앓는 우주의 암야(暗夜) 더듬어간다

타임머신 술 취한 노래가
블랙홀 입찰시킨 바닥재에 가격대 붙인다

2022. 8. 24

조색판(調色板)

평행우주의 스커트입구가
최면의 베일에 가려있음을 느껴볼 때까지
약동은 촉수에 감긴 붕대 풀어야 할 것이다
정밀도가 마법의 삼각주 직경에
변수(變數) 오려붙이는 일은
수음(手淫)하는 동공(瞳孔)들 물밑작업이
씨갓 싹틔우는 모습으로 이끼를 녹슬게 한다

노아가 방주를 만들기까지
상고문명의 업보는 별 되어
어둔 밤 밝혔을 것이고, 거짓말 같이 지금…
탁본 찍힌 다스칼로스의 이마에
아틀란티스는 놀빛 축도 그려 넣는다
모두가 허상(虛像)임을 꿈밖 자장가는 알 것이다
계단 밟는 하이힐 똑딱거림도
시계의 초침 흉내 내는 마당에서

억겁 침묵 작열하는 굉음(轟音)들이
지구라는 이름으로 새롭게 탄생하는
젖줄기었을 것이다
사막의 넝쿨에 난바다의 심호흡 매달아두어도
갈매기는 파도 쪼아 먹는 법은
거품의 이랑에서 방울방울 터득해간다

2022. 8. 25

배신자의 미소

그럴 수도 있지…
가치담배 꺼내 물며 사내는 웃어보았다
콧구멍에서 뿜겨 나오는 메신저가 흠칫 떨며
삼거리 노타리 내려다 본다
컵라면 택배가 도착하기까지는
차 한잔에 아픔 타서 마실 여유도 있었다
띠리링~ 걸려온 것은 미스 킴의 야멸찬 목소리었다

<대설주의보… 인가요?
삼복의 속곳에 온도는 키스를 스릴 합니다~>

이런, 아무리 뚱딴지 색상이라 해도…
손이 떨렸다, 목소리가 한 옥타브 젖어들고 있음이 슬펐다
그날의 그 악수가 최초의 미로가 될 줄은
나이아가라폭포도 안개의 분말에 감춰두고 있었다

별거 아니라니깐~
벽에 걸린 일력장이 하얀 이 드러낼 때
출입문 노크하는 소리가 들렸다
긴 복도엔 외계인, 우두커니 서있었고
손바닥엔 까무러친 지구의 기침소리가 각혈하고 있었다

피, 피, 아… 피~~!!
셰익스피어의「오셀로」입에서 괴성이 튕겨나간다
아침은 껄끄러움 집어, 거울 닦는 멋스러움 갈고 닦는다

2022. 5. 25

터미널, 그 독백의 부메랑

언제든 빨대의 힘은
암장 길어 올리는
볼 부은 인력(引力) 흉내 내기 때문이다
굴렁쇠 굴리는 광대놀이가 별빛 갈라터진 혀끝에
비천(飛天)의 어깨 드러내고 춤추기 때문이다

손톱 살려
깊이 사랑한 게 죄가 되고
멍든 하늘 바라보며 음메~
목청 뽑는 것도, 언덕너머 풀밭 그리웠던 까닭이다
울타리너머에 기다림 있다

북회귀선 입가에 어둠 발린 기록이
적도를 눈뜨게 하는 사실이다
비올라의 현(弦), 시간 진맥하고 있을 때
바람의 세기는 노을 한자락 지펴 올린다

카드인출기에서 전생이 걸어 나와
내세(來世)의 이마에 일기 적는 모습도 신기루가 된다
사막 앓는 심호흡이 바다의 날개에 매달려있다
안개의 숨결이 허겁의 추녀 끝에 구름 되어 흐른다

2022. 8. 25

그대는 봄…

촛불의 흔적이
어둠 각본 뜨는 기억으로
시간의 조준경, 이별에 갖다 대본다

까마귀밥열매가
빈 겨울 지키는 동안
기다림은 어디에나 있다

프로펠러 날개에
잘려나간 아픔들이
나래 펼친 무지개로 계곡 덮는다면

냉이꽃 향기 흐르는 둔덕엔
개똥벌레의 한숨도 있다

이별의 막창엔
꽃배암 탈피하는 소리도 들린다

2022. 8. 26

망향(望鄕)의 넋

발목이 우주를 걸어간다
질판한 주검이 어둠에 뿌리 내리고
사막의 단면
빙산 일각에 신기루로 걸리어있다
무지(無知)의 이슬, 꽃잎에 지구 감싸며
착각의 평행선에서 빛으로 빛난다

호르몬 역할이 바다를 설레게 한다
파도 딛고 가는 시간의 비칠거림…
아픔의 사변형에 손가락은
비천(飛天)의 허리 주무르는 현악기가 된다
기다림의 복도에 주인은 없다

미증유의 블랙홀 입구는 두 개~
사향(思鄕)의 배꼽에 보석 박히어있다

2022. 8. 26

사랑했나봐

거리를 걷고 있었네
타락한 바람이 입술 꼬집고 스쳐감을
느껴보았네, 벌써 가을이었네,
아아, 그렇게
하루는 일상의 꽁무니 따라가 보았네

아몬드가 살구씨라는 걸 알면서부터
고독은 탁자를 닦기 시작하였네
생각의 차이가 쪼르래기 쥐고 있다는 현실이
갈림길 신호등에 목례 보냈네

소스 발린 아침은 볼이 붉었네
마주치면 가슴 높뛰는 숙녀의 쑥스러움 같이…

2022. 8. 26

논리(論理)

하루 이틀도 아니고
억만겁 눈 딱 감은 세월이
갯바위 속주름에 연륜 그려 넣는다
기다림은 아니었지만
인내의 향기는 고독에 좀먹어갔다

안경알 도수가 침묵 근 떠버리고
빛의 무게가 생각의 키를 낮춘다

가능과 불가능…
미소 짓는 포인트 확장선에서
키스의 부질없음은 립스틱의 성씨 묻는다

아가씨는 눈썹이 곱고
포장도로 밑에는
뾰족한 돌들 함성이 감금되어 있다

2022. 8. 26

그 겨울의 막창에서

엄동의 찬바람이
생각의 질화로에 녹아들고 있습니다
길손들 기침소리가
부서진 일상 한데 모아
설빔 만드는 시각이가도 하지요
멀리, 창 너머
고갯길에 찍힌 산새의 발자국에도
축복은 내려 쌓이고…
얼어버린 향기가 계곡 잠재운다고
생각해도 좋을 때입니다

천년에 한번씩
지축 바뀐다는 설법에
펭귄의 날개 서러운 메아리도
어둠 달리는 핏빛 노을 덧칠해가겠지요
젊음의 간이역을 우두커니 지켜선
천사의 속눈썹 같이
기억은 고독의 나래 적시어줍니다
눈 내린 아침은
언제나 그렇게 푸근합니다

애모쁜 섬섬옥수
추억 빚는 찬란한 언덕길에
이별 밟고 미소 짓는 옛 시절이
멀티미디어 눈뜨는 사랑을 슬퍼합니다
망각의 가슴에 낙엽은 지고
구름의 이름으로

시린 넋 보듬고 가는 망향 천만리

빈 들녘 가득 찬 무지개로
환생의 멜로디에 빗장 열어둘 것입니다

2022. 8. 26

금단의 열매

속살 깊이 숨어있는
욕망의 근원이 지구를 신음케 한다
이파리의 속삭임이 별빛 되어
어둠 닦아내는 소리로
바람 돋아나는 사막에 입 맞추며 간다
쑥스러움이 공간 부풀리는 입맛이다
해와 달의 순번에는 기억의 낙차가 따로 없다

기포들의 게트림이
어항 속 삼엽초에 지도 그려 넣는다
아담과 이브의 가슴 맞닿는 곳에서
사탄의 노래가 흘러나오고
그리스도의 턱밑에서 뜻 찢긴 눈발이
낱말 되어 부서져 내린다

즐거움의 극치, 그 속에
아틀란티스의 훈육(訓育)이 오리온성좌의
공전하는 길에 좌표가 된다
아무나 따먹어서는 안 되는 이치가
과원(果園)에 길들어있다

2022. 8. 26

안경

유리알 너머에
세상은 존재했었다
아픔의 분말이 허겁(虛怯) 장식해간다
오아시스에 사막의 깃 적시는 소리
잠행하는 적도의 멀미가 어둠 길들이는 동안만은
우주의 대각선이 평행이동의 초점에
지구 한 알 그려 넣는다
생각의 도수가
암장의 배꼽에 연륜 새겨두는 일이
만유인력법칙에 세상 녹여두는 연장선이다

세월이 다시 보인다, 모래알 함금량이
옆집 새각시 엄지손가락에 반지로 반짝거린다

2022. 8. 26

미로의 액션(action)

이제는 됐나요
라고 묻는 주라기의 신음이
화석으로 굳어져 요실금의 주소 더듬어간다
잎새의 흔적이 무늬 얼룩진 역사의 뒤안길을
흉내 낼 뿐이다
혹자는 그런 착상이 모니터의 하늘
안개로 닦아갈 것이라는 추측이기도 하였다

그리움이
무엇인지 아시겠지
겨드랑이 밑으로 흩날리는
바람의 넌덜거림에 미소 찢어 감추며
솟대는 갈대의 신음 틀어잡고 놓질 않는다
어메~ 해오라기…
쉬었다 가는 간이역이기도 한 자줏빛 그늘이
정오의 햇살 어루만지는
꿈틀거림이기도 하였다

금빛 잉어 달 따먹는 전설일겁니다
구름 속 헤엄치는 휴가였다고 속삭여도 좋아요
그러나…
망각 위한 기억은
프로펠러 날개 잘린 아픔일겁니다
그리고 또… 룰룰~~

곁에선 한가로운 정적조차
매스컴 입내 내며 존재의 흔적 꽃피워갔고

갠지스강, 다비하는 육신의 염불소리가
신기루 둔덕에
사리 굴려 연기(緣起) 한 올 지펴 올렸다

일월영측(日月盈昃)~
자막의 크기가 시야를 어지럽게 한다
숙녀의 가는 허리가 면발 상기시킬 때
남자는 긴 기다림 길게 울었다
마도로스 사나이의 두 눈에 바다가 출렁이었고
우주는 렌터카에 앉는다

출발~!
티켓 끊은 날짜마다 어둠의 개평방
새벽 앓는 메아리는 니콜(Nicol) 열두 시었다

2022. 8. 26

편지·1

곁에 있어도 늘 그리운 존재가
사랑이라고 했다
멀리 떨어져도 자주 꺼내보는 색상이
퇴색한 아침을 눈물짓게 한다
낙엽 뒹구는 가을 길에
바람의 안색, 무서리의 악수에 아미 숙이고
인동초 파란 잎 펼쳐 하늘 받아 읽는다

숙명의 기다림에 주소는 없다
망부석 긴 그림자가 바닷새 울음
흉내 낼 뿐이다
사념의 이랑에 이슬이 뿌리 내릴 뿐이다

2022. 8. 27

편지·2

그는
자신이 발명한 상형문자로
길고 긴 편지를 썼다, 원, 투, 스리, 포…
폭탄선언이 날개 폈지만
받침 새는 하늘의 음성을 알아듣지는 못했다
다시 그는 또…
생각의 연줄 감아쥐고
들 지나 숲에로 내처 달렸다

비뚤, 비뚤~~
점선들 하품이 아지랑이 춤추는 능선에
점 박힌 여유, 매달아둔다
꿈이었다…
사랑한다는 것은
입술 고운 숙녀의 발꿈치가
백지 위 걸어가는 굴절된 허상이었다

아픔, 약조의 손톱눈…
기다림 허벼 파도 긁는 각혈마저
망울 부푸는 색상 살찌워준다면
투, 투, 스리, 포…
사막 건너는 괴춤엔 바다가 넘실거릴 것이다

하루해는 짧아도 겨울은 결코 참고 견딘다

2022. 8. 27

역상의 괘(逆像之掛)

말치 않아도
그는 남자였을 것이다
조금 주저앉는 성씨의 고민이 커튼 너머로
눈 가린 윙크를 풀어주었다
크리마는 없어도 되겠습니까, 물어보는
시간의 변형 사투리가
하늘 휘젓는 블랙커피의 목소리 흉내 내었다
피아니스트 긴 치맛자락이 강당 쓸어내리는
매너의 미소로, 그 옅은 색상 감아올릴 때
포크는 허공 찔러
어둠 부서지게 하였다

여자의 고향은 들쭉꽃 피어나는 시골이었다
깻잎 같은 볼따구니에 햇살 말라붙은 흔적도
바람 그리운 모양이었다
북풍 불고 남풍 불고 서풍 몰아쳐도
사념의 갈림길에 구름의 안부는 눈꽃이었다
펄펄 날리는 깃발 같은…

그러나 말치 않아도
그는 남자였을 것이다
사내라는 대명사보다도 생채기에 뜸쑥 얹는
힐링의 공간에서 파도는 씩씩함 씹었고
나트륨 분말이 소리의 합성어로
성에꽃 피우는 동안
고독은 아미 숙여 옷깃 만지작거렸다

속주름에 검버섯 돋는 소리였다
침묵의 중생대에 빙하 펼쳐 암장 덮으며
브라보~ 브라보~~
촛불 마사지가 휘파람 부는 하루를
비춰보는
멋스러움의 연장이었다

2022. 8. 27

「꼬리글」

빗장은 열리어 있다

길다는 것과 짧다는 것의 기준치는 어디에 있을까.

아인슈타인은 「양자역학」에서 존재의 형태는 결코 「무(無)」라는 결론으로 낙착 짓고 있다.

가상의 실재에서 시간의 존재는 착각이라는 환각의 척도로 억겁의 허상을 낳아 기른다.

인간은 그 허상의 마법에 걸린 존재임을 어찌할 수가 없는 비극 속에서 한생을 마치게 된다.

취한 듯 이끌려 살아온 삶이 허망하게 느껴질 때도 있다.

그것에 눈 뜨며, 길고 짧은 기억의 편린들을 갈고닦으며, 산다는 것은 결국 깨달음을 이어가는 것이구나, 라는 아픔도 느껴보았다.

수많은 현실과 꿈의 경계를 넘나들며 우주의 코드 더듬는 과정이 인생임을 알게 되면서부터, 걸어온 족적(足跡)을 문자로 남겨둘 필요를 각별히 느끼게 되었다. 그것이 주변에서 함께 숨 쉬는 생명들을 위한 것도 아니요, 영적인(靈蹟的) 흐름 행렬에 들어서기 위한 고행인 까닭에 굳이 이 시집을 묶어보게 된 것이다.

지구라는 이 작디작은 행성에 잠간 머물다 가는 삶이기에 「여인숙」은 늘 빗장 열어놓고 수련의 온도에 불 지펴주는 것이리라.

영(靈)으로 왔다가 영(靈)에로 귀환되는 와중에 잠간 빌려 쓴 육체는 영(靈)이 머물다 가는 여인숙이리라.

임인년 2월부터 8월까지 7개월 기간을 숨 쉬면서 삶과 인생과 영혼의 깨달음에 대한 생각을 시(詩)라는 방식을 통하여 적어보기도 하였다.

예술은 내함도 중요하겠지만 그것의 진가(眞價)는 표현에 있음을 깊이 인지(認知)하면서 복합상징시라는 유파의 신형시 개척에 알심들여 보았다.

이 한 권의 시집이 금후의 더욱 알찬 작품산출을 위한 덧거름으로 거듭나기를 기대해본다

一壬寅年 늦가을 墨香庭園에서

여인숙

초판인쇄 2022년 10월 10일
초판발행 2022년 10월 10일

지은이 김현순(金賢舜)
펴낸이 채종준
펴낸곳 한국학술정보㈜
주 소 경기도 파주시 회동길 230(문발동)
전 화 031) 908-3181(대표)
팩 스 031) 908-3189
홈페이지 http://ebook.kstudy.com
E-mail 출판사업부 publish@kstudy.com
등 록 제일산-115호(2000. 6. 19)

ISBN 979-11-6801-707-8 (03810)